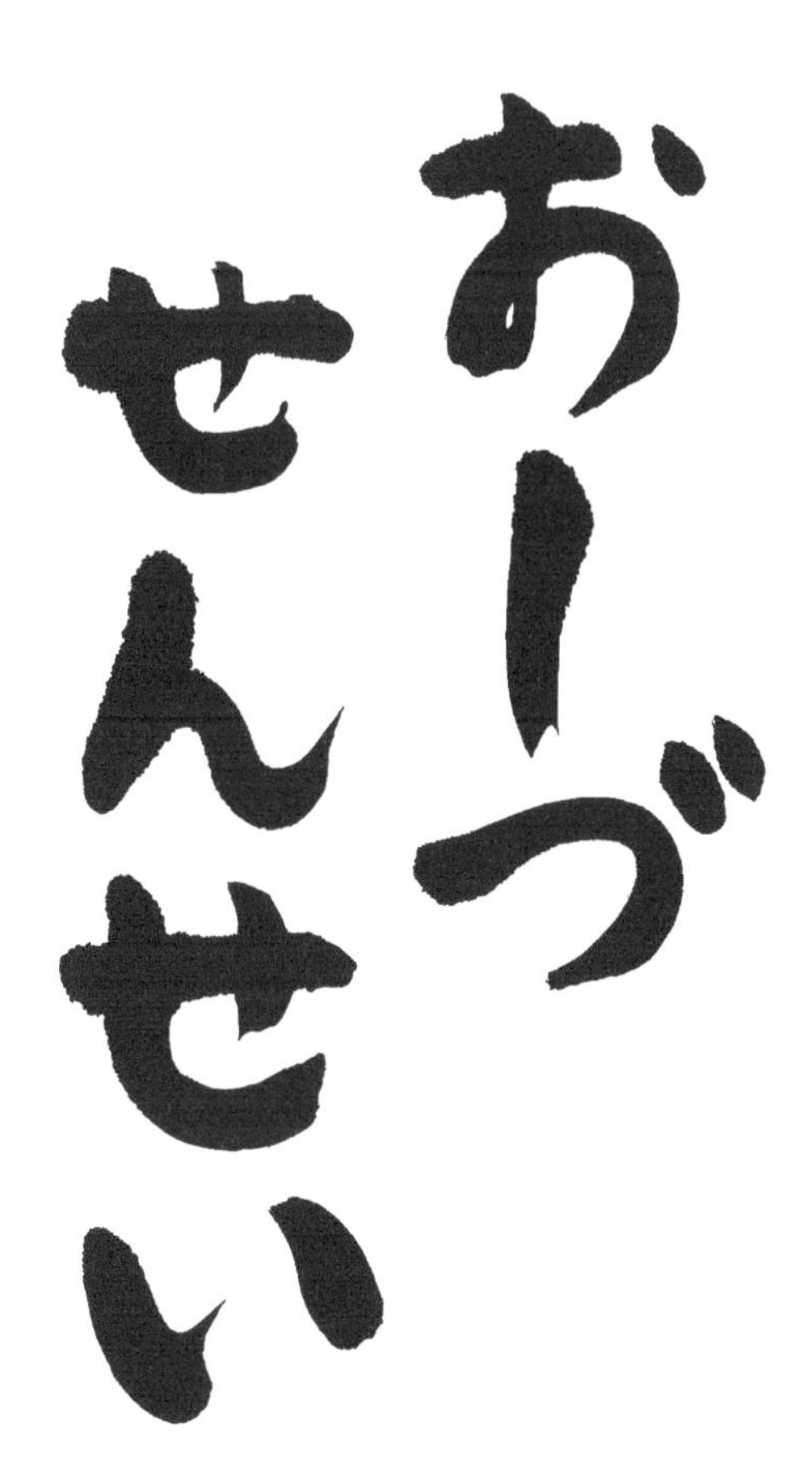

徳間書店

おーづせんせい

児島秀樹

徳間書店

目次

カバー画　ちばてつや
写真提供　飯高オーヅ会
装幀　熊谷智子
協力　Tak W. 阿部
(Kurosawa Enterprises USA Inc. Producer)
編集協力　飯島聡子

プロローグ

先ほどから定吉（さだきち）は、活動小屋の前に貼られたポスターを見つめていた。

引っ越し夫婦――

昭和三年（一九二八）九月二十八日に公開された短編の喜劇映画だ。しかし定吉は、この映画の内容に興味を持っていたわけではない。

彼が目を奪われたのはその監督名だ。

小津安二郎――

小津が映画監督になったという噂は、地元にいる同級生からの手紙で知っていた。しかし一年前、十五歳で東京に働きに出た定吉にとって、映画鑑賞は無縁のものだった。

ところが街角でふと目にしたこのポスターを見た瞬間、不意に懐しさが込み上げてきたのだ。

「……おーづせんせい」

定吉は、そう呟（つぶや）いた。

大正十二年（一九二三）、青山定吉は松阪の山奥にある宮前村の尋常小学校を五年生のときに中退し、働きに出た。当時、家の事情で小学校の卒業を待たず、働きに出る子どもは珍しくなかった。

定吉もその一人だ。

彼は尋常小学校を中退すると、大阪にある金物卸問屋に丁稚奉公として働きに出たが、店の先輩の口車に乗せられ、一緒に東京へやってきた。ところが誘った先輩がすぐにとんずらしてしまい、定吉は寄る辺のない東京で独り身となった。

なんとか東京市下谷区入谷町にある鞄製造卸工場に転がり込んだものの、彼を待っていたのは朝から晩まで働き詰めという過酷な労働だった。慣れない習慣、日常的な虐め、方言をからかう同僚たちが彼の心を疲弊させた。社交的ではない定吉は、さらに無口になった。

この日、定吉は工場主任から呼び出された。

「バカ野郎！　これじゃ売りものにならねぇだろ！」

主任室に顔を出した途端、雷が落ちた。定吉が取りつけた金具が不良品だったのだ。

「すんません」

定吉は震える声で詫びた。

罵声を浴びせられるのはいつものことで慣れてはいるが、この日は売り物にならないその鞄で頭をしたたかに叩かれた。

「うちの信用にかかわンだよ！」

工場主任は自分の言葉に興奮したかのように定吉の頭を叩いた。頭を何発も叩かれるうちに目が潤んできた。泣いてはいけない。村を出て以来、今日までずっと耐えてきたのだから。

定吉は主任の部屋から退出すると、そのまま工場に戻ることなく外へ飛び出した。

叩かれた頭がまだ熱をもっていた。もう限界だ。都会の荒波で彼を慰めてくれる流木はどこにも漂っていない。十五歳の胸に望郷の念が湧いてきた。

あてもなくふらふらと街を彷徨い歩いた。どれくらい歩いたのだろうか。気がつけば彼は活動小屋の前に立っていた。

定吉は吸い寄せられるように近づくと、入り口に貼られた一枚のポスターを見つめた。それが小津監督の『引っ越し夫婦』だった。

しばらくすると、観終えた観客が熱気とともに活動小屋からはき出されてきた。定吉が観客の流れに逆らうようにふらふら入っていくと、入り口のもぎりの女に呼び止められた。

「もうお終いだよ」

定吉は虚ろな目で女を見た。

「聞こえなかったのかい、今日はもうお終いなの」

「……このカツドー、どこでつくっとるんですか？」

女は怪訝な顔で定吉を見返した。

女から訊いた道案内はいい加減なものだったが、蒲田町までやってくると道行く人の誰もが松竹キネマ蒲田撮影所の場所を知っていた。

当時、省線と呼ばれていた蒲田駅東口を出て、駅前商店街を羽田のほうに二百メートルばかり行くと、八百屋と運送屋の間を右手に入る道がある。そこを少しばかり歩くと松竹橋という石橋があり、渡り終えたところに撮影所はあった。

定吉は撮影所の玄関前までやってくると、その威容な建物に圧倒された。

松竹キネマ蒲田撮影所は、大正十二年九月一日に起きた関東大震災によって、一度倒壊している。小津はこの年の八月に松竹に撮影助手として入社しているため、入って一か月ほど経った頃、震災に遭っている。撮影所は翌十三年に再建され、定吉がやってきたときにはまだ築五年目の新しい建物で、左側には守衛小屋が立っていた。

定吉はしばらく躊躇っていたが、意を決して入ろうとすると、守衛に呼び止められた。

「なんの用?」

「……おーづせんせいに逢いたいんです」

定吉は消え入りそうな声で答えた。

「おーづせんせい?」守衛が幼い顔立ちの定吉を訝しげに見た。「ここ、どこだか分かってる?」

「はい。ぼくは以前、おーづせんせいにお世話になりました」

話がまったくかみ合わない。守衛は頭のおかしいファンがやってきたと思い、追い払おうとすると、定吉は思わず悲鳴のような声を上げた。

「どうしても、せんせいに逢いたいんや！」

「つまみ出されたいのか？」

守衛が凄んだ。

「お願いします！」

定吉が無理やり入ろうとすると守衛に二の腕をつかまれた。そのまま橋のたもとまで引きずられていったが、定吉は必死で抵抗した。

「せんせいに逢わせてください！」

「帰れ！」

定吉がこれほど自分の意志を押し通すのは、初めてのことだった。しかし、今夜はどうしてもおーづせんせいに逢いたかった。逢わなければ自分がどうにかなりそうだった。

「お願いします！」

「帰れって言ってんだろ！」

守衛が怒声を上げた。

「どうしたの？」

揉み合う二人の後ろから声がした。

守衛が振り返ると、女性が立っていた。制作補佐をやっている真島(まじま)だった。

「すみません。こいつがちょっとわけの分からないこと言ってるんで、追い払おうとしてたんです」

「お願いします！　おーづせんせいに逢いたいんです！　お願いします！」

定吉は食い下がった。

「いい加減にしないと警察を呼ぶぞ！」

「ちょっと待って……今なんて言ったの？」

真島が訊き返した。

「おーづせんせいです、おーづ安二郎せんせいです！」

定吉はすがるように叫んだ。

「……おーづせんせい？」

真島が不思議そうな表情を浮かべた。


撮影所の控室は、テーブルとソファだけが置かれた八畳ほどの簡素な一室だった。

定吉は先ほどとは打って変わり、借りてきた猫のようにソファに座っている。

「狭いでしょ、この部屋。でも、ちょっと一服するときにはいいのよ、静かだしね」

定吉は緊張しながら頷(うなず)いた。

「小津監督も、時々ここで休んでいることがあるのよ」

真島は定吉の気持ちを和ませるように笑みを浮かべた。彼女は小津組の関係者だった。

「でも知らなかったな……小津監督が小学校の先生をやっていたなんて」

真島が知らないのも無理はない。小津は松竹に入社した際、自分が小学校の教師をやっていたことを誰にも話していなかったからだ。

『私の少年時代　現代日本の100人が語る』に収録された「僕は映画の豆監督。」の項にも、〈中学を卒業するとすぐ／蒲田にあった松竹の撮影所に入社してしまった。〉とある。

入社一年前の代用教員時代について、なぜかひと言も触れられていない。

映画人以外の仕事に就いた唯一の時代について、小津は映画関係者に話していなかった。

「ホンマです。大正十一年から一年間、宮前尋常小学校で先生に教えてもらいました」

「みやのまえじんじょうしょうがっこう？」

現在では「みやまえ」と呼ぶことが多い。

「はい、松阪から汽車で二時間ほど山奥に入ったとこにあります」

「あァ、そういえば確か小津監督は学生の頃、松阪で暮らしていたんだよね」真島は思い出したように言った。「じゃあ、そこで先生をしてたんだ？」

「せんせいをなさっとる間は、ずっと宮前村の下宿に住んでおられました」

真島は、定吉の真摯な態度が微笑ましかった。

「じゃあ、あなたにとって小津監督は小学校の恩師なんだね」

「はいッ、おーづせんせいの授業はめっちゃ楽しゅうて……せやけど、それ以上に楽しかったんは雑談で、まるでカツドーを観とるようでした」

定吉はまだカツドー（活動写真＝映画）を一度も観たことがないのに、そうたとえた。

真島が優しい笑みを浮かべている。

「おーづせんせいは、松阪で観たカツドーのことを時々聴かしてくれました。ほとんどが外国のカツドーでした。田舎暮らしのぼくはどこも行ったことなかったんやけど、おーづせんせいの話を聴いとるうちに知らん国のことや、物語が頭ん中に浮かび上がってくるんです。みんな夢中になって、終わりの鐘が鳴るのが惜しゅうて、また聴かしてって頼むんです。せんせいはちょびっと困った顔をするんやけど、しばらくしたらまた話を聴かしてくれるんです」

定吉は熱っぽく語った。

真島は、宮前村という聞いたこともない田舎の小学校で、小津監督が子どもたちを相手に、熱心に物語を語り聞かせている姿が目に浮かんでくるようだった。

彼女は、自分が小学生の頃、こうして子どもの心を打つような物語を、先生が聞かせてくれた記憶などなかったなと振り返った。

学校でどんな友達と出逢うかは重要だが、教師との出逢いも子どもの人生にとっては大きな影響を与える。特に小学校は、子どもたちが心の苗床を育む大切な時期だ。出逢った教師によって、その後の人生が左右されることもある。

「みんな、おーづせんせいのことがめっちゃ好きでした」

定吉は昨日のことのように話した。

真島は先ほどから、彼のイントネーションが気になった。「おーづじゃなくて、おづよ」

「いえ、ぼくたちはみんなおーづせんせいと呼んでました」

定吉の声に少し力がこもった。

「みんな？」

「はい」

「じゃあ、方言なんだ、それ」

「はい、地元では目はメェ、手はテェってのばすんです」

定吉の地元の方言では、こうして言葉をのばす一方で、「違った」を「ちごた」、「思った」を「おもた」と促音（そくおん）を省略した言い方をする。

「へぇ、じゃあ小野はオーノなんだね」

「いや、それはそのまんまです」

「どうして？」

「なんでか、ぼくにもよう分かりません」

「そうなんだ、面白いね」

真島は微笑んだ。

もちろん東京で小津を、おーづと呼ぶ人はいない。松阪の山奥、宮前村の人たちが使った独特のイントネーションである。

しかし小津は、この呼び方に密かな愛着を持っていたようだ。その証拠がある。彼の上着のネームには「Ｏｚｕ」ではなく、「Ａｕｄｚｕ」と刺繍（ししゅう）されていた。この時代、彼が使っていたディレクターズチェアの背もたれにも「ＡＵＤＺＵ」、または「ＡＵＺ」とプリントされていた。素直に読めば、「おーづ」である。関係者は別段、それを不思議がるわけでもなかったが、小津はその表記に特別な思いを込めていたのだろう。

大正十一年からの一年間、松阪の山間で教鞭をとった知られざる青春時代。

小津はそれをずっと心に秘めながら、大切にしていた。

「あっ、時間だ。そろそろ現場に戻らないと」思い出したように真島が腰を上げた。

定吉は立ち上がると、深々と頭を下げた。

「あなたのこと、監督に伝えておくけど、あまり期待しないでね」

「はい……」

「今撮影に入っていて、すごく忙しいの。少し待ってダメだったら、諦めて帰ったほうがいいと思う」

定吉の顔に落胆の影が差した。

「小津監督は現場に入るとすごく集中しちゃうから」

真島は、ドアを開けたところで振り返った。

「あァ、小津監督じゃなくて、おーづ監督だよね、フフ」

真島は茶目っ気たっぷりにそう言うと、部屋を出ていった。


定吉は一人になると、ここにやってきたことを後悔し始めた。

守衛にあれほど強引に食い下がったのに、頭が冷えてくると自分がここにいることがひどく場違いな気がしてきた。考えてみれば尋常小学校で、たった一年間だけ受け持ってもらったに過ぎない。しかも、教えてもらったのはもう五年も前のことだ。ひょっとして、おーづせんせいは昔のことを周囲に知られたくないのかもしれない。

現に先ほどの女性は、小津監督が小学校の教師をしていたことを知らなかった。それなのに教え子が断りもなく、こうしてノコノコ逢いに来たら迷惑ではないだろうか。なんだかひどく自分勝手に思えてきた。あれほど逢いたいと思ってやってきたのに、今は帰りたい気持ちでいっぱいだった。そう、このまま黙って帰ったほうがいい。おーづせんせいが働いている場所に来ることができただけでもよかった。そう思うようにした。

定吉は立ち上がった。

入ったときには緊張して気づかなかったが、目の前の壁に、これまでに上映された時代劇や現代劇のポスターがいくつも貼ってあった。その中に関係者が撮ったであろう、撮影風景の写真が飾ってあった。

定吉はその一枚の写真に釘付けとなった。

宮前村の頃はほとんど和服姿しか見なかったが、帽子を浅く被り、ベストにスラックスというオシャレな洋服を着た男性は、まぎれもなくおーづせんせいだった。微笑みをたたえたその顔は、あの頃と少しも変わっていない。

定吉は、その写真に吸い寄せられるように近づくと、思わず呟いた。

「おーづせんせい――」

そう、あの時代、あの場所で、教え子たちはみんな小津安二郎をそう呼んでいたのだ。

写真を見つめるうち、定吉の脳裏におーづせんせいの姿が鮮やかに蘇ってきた――。

第一章　出立

小津安二郎は明治三十六年（一九〇三）、東京市深川区亀住町で父寅之助（とらのすけ）と母あさゑの間の五人兄弟の次男として生まれた。当時、寅之助は肥料問屋小津与右衛門（よえもん）家の分家六代目として店を取り仕切っていた。小津家縁者は、一時期、松阪に五十軒ほど住んでいて、江戸時代の国学者の本居宣長（もとおりのりなが）も父の代までは小津を名乗っていた。

豪商三井家がそうであったように、小津家も「江戸店（えどだな）持ち松坂商人」の一つだった。

地元で暖簾（のれん）を守りながら、江戸に大きな店を置くという商いのやり方は、「伊勢屋」や「越後屋」などが有名だが、当時の日本橋には、こうした伊勢松坂商人の店が軒（のき）を連ねていた。肥料問屋小津与右衛門家もその一つで、屋号を「湯浅屋」といった。

湯浅屋は主に農業用肥料として干鰯（ほしか）を扱っていて、江戸時代には豪商の一つとして繁栄を極めた。

寅之助は十四歳のとき、父新七に連れられて松阪から上京すると、「湯浅屋」の江戸店で働き始め、十八歳で支配人となった。新七が引退すると分家の当主になったが、寅之助が後を継いだ頃には、ロシアから安価に輸入された大豆粕や化学肥料が大量に出回るようになり、商売に陰りが見え始めていた。

ある日のこと、寅之助は家族の前でこう切り出した。

「新一が小学校を卒業したのを機に、松阪に引っ越ししようと思う」

「思う」ではない。寅之助の中ではもう決定済みの話だった。子どもたちはキツネにつままれたような顔になった。

妻のあさゑは、特に驚きはしなかった。彼女は伊勢商人のご三家、中條家の出で、二十三歳のとき、寅之助と結婚するまでは津で暮らしていた。あさゑの父、長蔵は医者の家系で、津の美杉町で茶業を営んでいた萩野津志の婿養子であり、明治八年、この二人の間に生まれたのがあさゑだった。

そのため松阪はよく知った土地で、いわば里帰りのようなものだ。

しかし子どもたちは両親の故郷という以外、ほとんど見知らぬ土地である。

そこに突然引っ越しするというのだ。戸惑いは隠せない。

商売の都合かと思ったが、そうではないようだ。寅之助はかねてから深川の家の近くにセメント工場が建ち並び、そこから排出される粉塵が住民の健康を脅(おびや)かすようになったことを気に病んでいた。大気汚染はすでにこの時代にもあったのだ。

寅之助は決断した。

健康を考えれば、子どものときは空気のよい田舎に住むのが一番だ。特に安二郎の次妹、登久(とく)はぜんそくの気があり、症状が出ないうちに引っ越したほうがいい。財産は残してやれないが、健康な体は残してやりたい。

それが子どもたちへの唯一の遺産だと、寅之助は常日頃から口にしていた。

商売は一生懸命だが、ガツガツしてはいない。店主自身の懐が潤うことには淡白で、自分だけが金を蓄えればいいとは思っていなかった。そしてその言葉通りに生きてみせた商売人だった。

「ただし、わしは東京と松阪を行き来しながら仕事をする」

寅之助は付け加えた。半別居である。

前述したようにこの時代、肥料問屋は難しい舵取りを迫られていた。ひょっとして自分の代で店を畳むことになるかもしれない。寅之助はそんな覚悟を秘めていた。

しかし、たとえ店じまいするにしても、店で働く者たちに迷惑をかけるような真似だけはしたくない。そんな時期に、責任者である寅之助が故郷の松阪に引っ込むことはできなかった。子どもたちもその苦労を肌で感じ取っていた。

ちなみに、後年、長男新一は後を継ぐことなくサラリーマンとなり、三百年の歴史を誇ったこの湯浅屋小津与右衛門家は、寅之助の代で幕を閉じている。

とまれ父の号令一下、大慌てで引っ越しが始まった。

大正二年（一九一三）、小津家は飯南郡神戸村垣鼻七八五番地（現・松阪市愛宕町二丁目）に引っ越した。

松阪は城下町である。小津の自宅は色街で栄えた愛宕町界隈にあり、蠱惑的な雰囲気が漂っていた。

以後、彼は青春期の多感な十年間を父の故郷松阪で暮らすことになり、寅之助は東京と松阪を年に何度も往復しながら半別居生活を続けることになる。

松阪に引っ越した小津は、松阪町立第二尋常小学校四年に転入した。地元の同級生は、転校生の小津を都会っ子としてしばらく遠巻きに眺めていたが、人懐っこい彼の周りには自然と仲間が集まってきた。この頃は教師の受けもよかった。小津のことを五、六年生で担任した教師が、「円満実直な少年で、成績も優秀だったが包容力もあり、喧嘩したのを見たことがない」と語っている。

この頃に書いた「祇園祭典」という題の夏休みの作文が残されている。

〈よみやの日は空の天の川の光。金星、木星等きらめいてゐた。隣の家の律ちゃんは「明日は天気、うれしいな」と言ふ声がきこえる。

よみやっつかれて平生より寝坊し、ふと目がさめると軒の風鈴は「ちりんちりん」とおとづれ、はたにあった新聞紙は風に「づろづろ」と次の間にふけて行く。

涼しき声で売りに来た金魚やは汗をふきながら「金魚え金魚を～」と言って横町の角を曲がって行く。

後、往来に砂を布の如くまき、ひろげた間もなく太鼓の音が聞こえはじめたと思うと、『古き歴史なら我に聞け』と言う位い古いほこ（鉾）、矩形の旗等色々来た。

僕らはこのことで神輿の来る事を知った。〉

小学六年生にして、驚くべき感性と映像的描写である。まるで小津映画を彷彿とさせるワンシーンのようだ。

大正五年（一九一六）、小津は三重県立第四中学校、のちの宇治山田中学校（現高等学校）に入学する。

伊勢市駅から歩いて十分足らずのところに船江公園という小さな公園がある。

空襲によって消失してしまったが、かつてここには、木造白塗りの三重県立第四中学校が立っていた。寄宿舎は学校の北東の一角にあり、校舎とは廊下でつながっていた。

小津は松阪の実家を離れて寄宿舎に入り、ここで学校生活を送った。

中学では休み時間、校庭に出なくてはいけない規則になっていた。それは冬でも同じで、子どもたちは寒さに耐えるようにおしくらまんじゅうをやった。

小津は小学校の頃から背が高かったが、中学校に入学して柔道部に入ると、みるみる筋肉がつき始め、均整の取れたたくましい身体になった。柔道の県大会に出場すると、けた違いの強さを見せつけた。頼もしそうな風貌と体格は同級生からも一目置かれた。

柔道部だけでなく、野球や相撲、さらに端艇（たんてい）部にも顔を出し、友人たちと海沿いにある大湊地区まで舟を走らせた。そして腹が減ると餅を頬張り、それでもものの足りないときは舎監の目を盗んで、学校近くの「喜八屋」で伊勢うどんを食った。

のちの小津安二郎のイメージとはかなり違うバンカラな学生だった。

ちなみに小津の旧制中学時代は、第一次世界大戦の最中であり、また国内だけでも三十九万人の死者が出たといわれるスペイン風邪が大流行した時代と重なっている。

小津の日記にも、

〈（大正七年）十一月二日（土）雨　涼／乾欠席シ1組デ十人ノ欠席者アリ〉
〈十一月五日（火）晴　暖／一年は感冒の為半分以上欠席したので今日より向ふ五日間休校なり〉
〈十一月六日（水）晴　暖／益々感冒猖獗（しょうけつ）を極めた……〉

など、いくつか関連する記述が見られる。

自由闊達な中学生活だったが、大正九年になると学校の雰囲気が一変する。

やたらと風紀にうるさい校長が着任し、それまで許されていたことを次々と摘発し、学校をかき回した。すると功名心に逸（はや）る教師が現れ、校長にご注進に及んだ。学校は殺伐（さつばつ）となった。しかし小津は馬耳東風とばかり気にも留めなかった。

当時、どこの中学校でも活動小屋に行くことを禁じていたが、小津は舎監の目を盗んでは山田地区にあった帝国座に足繁く通った。

やがて気の合う仲間たちとカツドーを観るようになり、小津は「エジプトクラブ」という同好会をつくって、感想を語り合った。

教師の監視が厳しくなるにつれ、活動小屋に行くことが難しくなったが、小津だけは相変わらず通い続けた。彼が頻繁に活動小屋に行っているという噂は、教師たちの耳にも届いていたが、なかなかシッポが摑めなかった。小津は小屋にもぐり込む際、コートを肩にかけ、鳥打帽を被って変装してもぐり込んでいたからだ。カツドーを観る楽しみはもちろんだが、そのうち規則をうまくすり抜けることにも快感を覚えるようになった。

学生の頃、小津のお目当てはもっぱら外国映画で、日本映画は三本ほどしか観ていない。

この頃小津は、生涯忘れられない映画と出合っている。

一九一七年に公開された、トーマス・H・インス監督のアメリカ映画『シヴィリゼーション』である。第一次世界大戦の中で制作されたこの作品は、戦争の悲惨さと虚しさを描いた大作だった。この作品を観て、小津は初めて映画監督を意識した。

とはいっても、東京から遠く離れた松阪に住んでいる少年にとって、映画監督はまだ現実的なものではなかった。ただ、この日を境にして小津の映画熱がますます過熱したことは間違いなかった。

三歳年上の兄新一は秀才肌だったが、勉強嫌いな小津は、中学に入るとクラスで中くらいの成績を行ったり来たりしていた。それが四年から五年に進級するときにガタンと落ちた。理由はある問題を巡って謹慎処分を食らったからだ。

いわゆる〝お稚児(ちご)さん騒動〟に、小津は巻き込まれた。

きっかけは他愛もないことだった。

一つ下の下級生に目も眩(くら)むほどの美少年がいた。同級生はもとより上級生たちも、そのスター性に羨望の眼差しを向けた。小津の仲間の一人が面白半分にファンレターを送ると、流行りのように次々と他の仲間たちも送り始めた。

しかし小津はまったく興味を示さなかった。その頃、彼が夢中だったのは宝塚少女歌劇団のスター天津乙女(あまつおとめ)で、同世代より趣味は洗練され、大人びていた。

ところが小津は、文才のない友達に添削を頼まれ、少し手を入れた。

やがて彼らが出した手紙の一つが、舎監を兼任していた教師の今田に見つかった。風紀上、これはよろしくない。背徳な行為だと、手柄を立てたい今田はすぐ校長にご注進に及んだ。

今田の顔は四角くて、感情的になるとすぐに真っ赤になることからカニと言われていた。そのあだ名をつけたのが、小津ではないかと今田は怪しんでいたことから、個人的な恨みもあったのだろう。

同級生が次々と呼び出され、小津も校長から呼び出しを食らった。

件(くだん)の下級生に手紙を出した覚えはないが、小津はハリウッドスターだったパール・ホワイトやルース・ローランドに英語でファンレターを書き、ブロマイドや礼状をもらって夢見心地になったことはある。

なぜファンレターを送ったくらいで風紀を乱すことになるのか、小津には理解できなかった。だからそのまま正直に答えた。

「いったいなにが問題なんか、俺にはさっぱり分かりません」

活動写真を観ることも禁止、年下にファンレターのようなものを出すのも禁止、その基準はいったいなんなのか。小津にすれば、文句が言いたいのはこちらのほうだった。彼の反骨精神に火が付いた。

小津は相手が誰であれ、権威を笠に着て威張る人間をなによりも嫌った。

のちに彼が松竹キネマ蒲田撮影所に入所したとき、当時、売れっ子だった監督が食堂の列に並ばず横入りしたことを注意して一歩も引かなかった逸話が残されているが、こうした気性は学生時代から変わらなかった。

常々、理不尽に威張り散らす教師たちの態度には腹に据えかねるものがあったので、つい大声になった。

「一番分からんのは、カツドー観るんが禁止やということですッ」

ファンレター禁止の話から活動写真禁止の話に飛んだ。

「そんなんも分からんのかッ。カツドーは公序良俗に反して教育上よろしくない」

「それやったら、なんで駒田好洋が弁士を務めるときだけ許可が下りるんです」

この頃、映画はまだ活動弁士が映像に沿って語り聴かせる、無声映画の時代だった。不思議なことに、当時人気者だった駒田好洋が弁士を務めるときだけは例外だった。

要は教師が個人的な趣味で決めていたのだろう。

「その判断基準はなんですか？」

「答える必要はない」

校長はムキになった。

「カツドーには、人生のすべてが詰まっとるッ」

小津が声を上げると、校長の顔が強張った。

教師の威厳が尊ばれた時代である。教師が離任するとき、学生たちは駅まで見送りに行って、万歳三唱を唱えたような時代である。

これまで生徒から反撃を食らったことがなかった校長は、わなわなと震え出した。

「黙れッ」

小津は黙らない。

「しょうもない授業よりよっぽどためんなる」

「しょうもない授業とはなんや！」

校長の顔が真っ赤になった。

教師たちは、今回の騒動の頭目が小津だと決めつけた。

添削を頼んだ友人は、小津は無関係だと証言したが、連帯責任だと言って教師たちは取り合わなかった。とんだ濡れ衣だったが、小津は連座して謹慎処分を食らった。

彼は、この学校にいるのがバカらしくなり、関西学院の中等部に転校すると言いだして、母のあさゑを慌てさせた。

夏休みが終わると謹慎処分は解除された。

転校については、あさゑの必死の説得でなんとか踏みとどまったものの、寄宿舎からは追放処分となった。日頃から小津の行状を快く思っていなかった校長や舎監長の今田にとって、寄宿舎から彼を放逐できれば、理由はなんでもよかったのだろう。

確かに、寄宿舎で小津はよくいたずらをした。

寄宿舎の二階から友達と小便の飛ばし合いをして、親が呼び出されたこともあった。絵が上手かった小津は、教師の似顔絵を描いて廊下の壁に貼り付けたこともあった。

もっとも、実際に貼り付けたのは小津の友人だったのだが、いつも騒動の中心に小津がいるような印象が、教師たちにはあった。

要は、そんな小津を寄宿舎から追い出すための大義名分がほしかったのだろう。

しかしこの騒動、もとをただせば上級生がちょっとした遊び心でファンレターを出したに過ぎない。ところがこの他愛もない行為が、いつの間にか背徳な問題かのように広まっていく。

今では考えられないが、この騒動が当時の新聞に載った。記事には、「山田中学に男色……」などの文字が躍っている。この物々しい書き方は異常である。

そもそも、この程度のことが外部に出ること自体不可解な話で、関係者が口外しない限り広がるものではない。大ごとにしたい関係者が広めたとしか考えられなかった。その張本人が教師たちではないかという不信感が、小津にはあった。

本来、生徒を守るべき立場の教師が子どもたちをつるし上げるために大騒動に仕立て上げたのだとしたら、とんでもない聖職者である。強い憤りを覚えた。小津はこのときほど教師という生き物が嫌いになったことはなかった。

ところが数年後、その彼が教職に就くことになるわけだから、人生はどう転ぶか分からない。


旧制中学五年（大正九年）の夏、小津は退寮処分となり、松阪の実家から汽車通学となった。寄宿舎にいるときは監視が厳しかったが、松阪までは目は届かない。自由になった彼は、カツドー三昧の時間を過ごした。彼にとって真の学び舎は、実家の近くにあった「神楽座」という活動小屋だった。退所処分を受けた小津は、この小屋で思う存分、外国映画を観た。

神楽座だけでは飽き足らず、津にまで足を運ぶこともあった。津には母方の祖母、中條つじが住んでいたため、カツドーを観終わってから祖母の家に遊びに行くことも小津の楽しみの一つだった。

自宅に帰れば活動小屋の弁士にファンレターを書いた。

時々、東京から帰ってくる寅之助は、そんな息子の様子を心配そうに見ていたが、注意することはなかった。久しぶりに親子が会うときくらいは楽しく過ごしたいという気持ちがあったのだろう。寅之助は帰宅すると、いつも子どもたちのために東京の土産を持参した。子どもたちはそれが楽しみだった。

寅之助が東京に戻るとき、松阪停車場に見送りに行くのはいつも小津の役目だった、というか寅之助のご指名だった。

「身体だけは大事にしろ」

寅之助は松阪停車場のホームでひとことそう言うと、小津に目もくれず汽車に乗り込んだ。

肥料問屋が商売として難しくなってきた時代、懸命になって店を立て直そうとしている商売人としての苦労を、小津は父の後ろ姿から感じ取っていた。

寅之助は慶応二年（一八六六）、薩長同盟が締結された年に生まれているが、多感な青年期から壮年期までは明治時代のど真ん中である。その明治人の気質を残した、謹厳実直な父を小津は敬愛した。

寅之助が、子どもの中でも小津を特に心配していたのか、頼りにしていたのかは分からない。しかし昭和九年（一九三四）、寅之助が狭心症で亡くなるとき、家族みんなが枕元に集まる中、彼はいまわの際に小津の膝に手をおくと、そのまま息をひきとった。

小津は、自分の膝におかれた父の年老いた手を見つめるうちに目頭が熱くなった。

小津の日記には、寅之助の通夜のことが簡潔に書かれている。

〈密葬　砂町火葬場に行く　父の世にあるもの一握の灰なり　本通夜〉

以後、小津は毎年、父の命日を日記に記した。彼は生涯、父の命日は忘れなかった。

のちにつくられた映画『父ありき』の中からも、彼の父に対する気持ちを汲み取ることができる。

「いい親父だったよ……」

ラストの台詞だ。


小津家は代々商人の家である。

第四中学校を卒業すると、両親は小津に神戸高等商業学校への進学を勧めた。当時の「松坂商人」にとっては最良の選択といえた。

小津は百三十九番の受験札を持って、兄新一や友人の井坂とともに神戸へ向かった。家族の中で一番心を許している新一と一緒に神戸に行くことになって、小津は上機嫌だった。

「なに観たい？」

汽車に乗ってしばらくすると、新一が小津に訊いた。

「まずは『龍の網』やな」

「それやったら第一朝日館や。キネマ倶楽部では『鳥人獣人』と『ラ・ラ・ルシル』を上映しとる」

「全部観たいな」

「他には？」

「宝塚も観たいけど、公演はまだ始まっとらんしな」

「ああ、今回はおあずけや」

「ほんなら、大阪まで足のばして別のカツドーを観よか」

「よっしゃ、分かった。一緒に観よ」

小津と新一は愉快そうに笑い合った。

向かいの席に座った受験生の井坂が二人の会話を、呆（あき）れたように見ている。

これから受験に向かうというのに、二人の話題はもっぱらカツドーの話で、小津の兄も咎（とが）めるどころか、一緒に観に行くと答えているのだ。

新一はすでに神戸高等商業学校に入学していたが、弟の安二郎は商人とは別の進路を選んだほうがいいと密かに思っていた。安二郎も家族の中で唯一、新一だけには自分の気持ちを正直に告白していた。

小津は受験中、兄の下宿に泊まった。三月十四日から十六日の三日間、受験のない昼すぎからは二人で活動小屋に出かけて、十本のカツドーを観ている。

そんな子どもたちの行状も知らず、あさゑは健気（けなげ）に自宅の近くに鎮座する山室山神社、現在の本居宣長ノ宮に祈願し、東京にいる寅之助に手紙を書いた。

「本日二十三日に成績発表、それまでは浦嶋の玉手箱、あけて嬉しき様いのり居候……」

受験合格を祈る母親の気持ちが伝わってくる。

しかし結果は不合格。

続けて名古屋高等商業学校も受験したが、こちらも不合格だった。

「なんぼ試験がようても、中学の教師が内申書を悪う書いたら合格するのは難しいでな。あまり気ぃ落とさんでもええに」

神戸から帰省していた新一は、カラリと笑ってかばってくれたが、寅之助からは一喝された。

あさゑは気にしなくてもいいと慰めてくれたが、小津自身はまったく気にしていない。

しかし、さすがに平然としているのもバツが悪く、

「来年は頑張ります」

小津は神妙な顔をつくってみせた。

この頃、すでに小津は映画監督になりたいという気持ちがムクムクと湧き上がっていたが、当時の映画界はまだ堅気(かたぎ)の商売とは思われていなかったため、口にするのは憚(はばか)られた。なにより実際に映画界に入る手立てもなく、まだ機は熟していなかった。

小津は一浪した。

彼は相変わらず受験勉強をせず、自宅近くの「神楽座」に通い詰め、それ以外の時間は好きな本

をむさぼり読んだ。

一浪後、小津は寅之助の勧めで地元の三重県立師範学校を受験した。グラウンドを走らされる試験もあったが、彼は真面目に走らなかった。

「なんで一生懸命走らんだんや」

終わってから試験官が尋ねると、

「足が悪いかどうかを見るんやったら、別に走る必要はあらへんやろ」

人を食ったような小津の言いわけを聞いて、試験官は眉をひそめた。

結果は予想通り、また不合格となった。


「これからどうするつもりだ」

久しぶりに松阪の自宅に帰った寅之助が問いただした。

前回は小言を控えていた寅之助だったが、今度ばかりは言わないわけにはいかない。

「さて、どうしましょうか……」

小津は大きな手で顔をつるりと撫で、とぼけてみせた。

東京に戻りたいという本心を打ち明けたところで、父親から許可は下りそうにない。

「他人事のように言うんじゃない」

寅之助が一喝した。

「はい」

「さすがに二浪はないぞ」

「はい」

「なんとかしないとダメだろ」

「なっとかしよう思てます」

「アテはあるのか?」

「ありません」

「だったら、なんともならないだろう」

「今のところありませんが、これからなっとかしよ思います」

「なんだ、そりゃ。それじゃあまったく話にならん」

ひとしきり蒟蒻(こんにゃく)問答のような会話が続いたが、最後は「早く仕事を決めなさい」と寅之助が話を締めくくった。

小津は神妙に頷(うなず)いた。


年の暮れのある日、小津は近所の太田書店に立ち寄った。

「安さん」

棚から本を取り出して立ち読みしていると、後ろから声がかかった。

振り返ると、中学時代からの親友である奥山正次郎が微笑んでいた。

御城番屋敷（ごじょうばんやしき）から松坂城跡へ抜ける道は、江戸時代の城下町の風情が残っていて、中学時代は奥山ともこの道をよく歩いたものである。

「うぅ、寒（さ）ぶ、今なにしとるんや？」

寒風に身を屈（かが）めながら、奥山が尋ねた。

冬になるとこの辺りにも鈴鹿おろしの空（から）っ風が、肌を刺すように吹いてくる。

「ただ今考え中や」

小津は十歳まで東京で生活し、以後松阪で暮らしているため、友達と話をすると東京の言葉と方言がちゃんぽんになる。

「考え中か……安さんらしぃな」奥山は笑みを浮かべた。「俺は十二月に代用教員を辞めたから、来春、師範学校を受験するつもりなんさ」

「お前、教師やっとったんか」

小津が意外そうな表情を浮かべた。

「あァ」

奥山の家の近所に射和村（いざわむら）の村長の息子が住んでいて、宮前村が教師の欠員で困っていると相談を受けた。しばらくすると村長から連絡があり、頼み込まれて十二月までならと引き受けたという。

「実際にやってみると、自分には向いとらんてよう分かったわ」

奥村は苦笑した。

「お前みたいな生真面目な男には教師は無理や、カニみたいな姑息なヤツやないと」

小津は、かつて二人を謹慎させた教師のあだ名を言った。

「なんでか知らんけど、安さんは特に目のかたきにされとったでな」

「あいつのせいで中学時代の楽しみも半減や」

「ほんでも、カニのこと尊敬しとる同級生もおったに」

「問題はそこや」

「え？」

「あいつは生徒によって態度を変える。俺は教師のくせにえこひいきするヤツは大嫌いや」

いかにも小津らしい言葉だった。

「そやな……」

「で、なっとするんや？」小津は訊いた。

「ん？」

「師範学校を出てからのことは考えとるんか？」

「もちろんや」

「なんや？」

「鉄道会社に入ろ思とるんさ」

「鉄道会社か……」

「どない思う？」

「悪ないな」

「ホンマに？」

「あァ、ええ思うわ」

「そうか、そう思てくれるか」

奥山の目が輝いた。

国鉄が発足するのはまだずいぶん先のことだが、鉄道が重要な社会基盤としてこれから発展していくことは容易に想像できた。ちなみに奥山は、後年、京都駅長を務めるまでに出世する。

小津は奥山を見直した。

「えらいなお前は、ええ仕事選んだに。ずっと先まで見通して生きとる……」

奥山と違って、浪人中の小津は珍しく憂鬱な気分に苛(さいな)まれていた。

それは日記からもうかがわれる。

〈朝起きて別に変ったこともない。呪われた身の上には、天然の賜の春の恵の外、何物もたのしい物はない〉

〈又春雨が降り出してきて、気も心も勉強から離れた。私の境遇は実に痛ましい物であった〉

〈昼からは又ねた。こんな日がいつ迄続くのだらう〉

〈……俺は何も能のない人間だ〉


小津は将来の先行きが見えず、ひたすら滅入っていた。

「ほんなら、安さんも受けてみたらどうや?」

奥山は誘ってみた。

「俺が?」

「あぁ、一緒に受けよに」

「そやな……」

小津は思案顔になった。

「それがええに。受けよ、一緒に。なぁ、受けよに」

奥山は繰り返したが、小津は少し笑みを浮かべるだけで、それ以上答えなかった。

その夜、小津はなかなか寝つけなかった。

薄暗い天井を眺めながら、奥山の言葉がずっと耳に残っていた。

小津は子どもの頃から市井で懸命に働く人たちを尊敬していた。自分もそんな人間でありたいと思っていた。しかし、自分自身がなにに向いているか判然としなかった。いや、もちろん映画の世界にひかれてはいたが、松阪に住んでいる身としては、まだ現実的な選択肢として浮かび上がってこなかった。出るのはため息ばかりである。

翌日、小津はふらりと役場を訪ねてみた。

窓口で訊いてみると、代用教員を募集していた。窓口の女は、今ならすぐに採用されますよ、と言った。特に松阪の中でも宮前村は小学校の教師が充員できなくて困っている。田舎教師のなり手はなかなかいない。だから今なら月給も悪くはないはず、とまで教えてくれた。

小津の脳裏に、早く仕事を決めなさい、という寅之助の声が蘇った。

一年前に学校を卒業しているのだから、家から巣立ちたいという気持ちも強かった。

窓口の女に詳しく尋ねると、それは奥山が赴任していた飯南郡宮前村の尋常小学校だと分かった。

これはなにかの縁なのか。不思議な気持ちに囚(とら)われた。

少し迷ったものの、他に行くところはない。一年だけでも勤めてみるかと、小津はその場で決めることにした。


「教師になる?」

寅之助は飲み込んだお茶にむせそうになった。

「はい」

「アテはあるのか?」

「もう決めてきました。宮前村の尋常小学校です」

「宮前村といえば、ずいぶん山奥だな……」

「はい」

小津は神妙に答えた。

茶の間に座った寅之助が、隣にいるあさゑと顔を見合わせた。

「まずいでしょうか?」小津が尋ねた。

「いや、そりゃいい、うん」

「そうですか」

小津は素っ気ない返事をした。

「あぁ、教師は聖職だ。実にやりがいのある仕事だ」寅之助が励ますように言った。

「教師が聖職とは思いませんが、やってみよ思います」

小津はこれまで出会った教師の顔を思い浮かべながら、正直な気持ちを言った。

「なにを言ってる。教師はみんなから尊敬される立派な仕事だ。いや、精進して尊敬されるようにならなきゃいかん」

小津は頭を掻きながら、寅之助の話を聴いているうちに気が重くなってきた。もとより覚悟があって教師になろうとしたわけではない。いつまでも実家の世話になるのは居心地が悪いため、勢いで決めたようなものだ。

寅之助は、息子がいったいなにに向いているのか、我が子ながら見当がつかなかった。将来は商売人になればと願って、商業学校へ進学を勧めたものの不合格。師範学校も不合格。ところが教師になると聞いて、存外天職になるやもしれぬと思ったのだ。

寅之助は珍しく上機嫌だった。あさゑも素直に喜んだ。

その選択やよし、まずは一年しっかりと勤めあげてみなさい、と寅之助は小津の背中を押した。一年勤めあげれば教師として、その後もなんとかやっていくのではと密かに期待したのだろう。


大正十一年（一九二二）、春――

「安さん、忘れものはあらへんか?」

あさゑが、小津に声をかけた。

「あぁ……」

柳行李（やなぎごうり）を脇に置いて、本を読んでいる小津が生返事で答えた。

出立の朝、あさゑは子どもの中で一番気がかりな小津を、松阪停車場まで見送りに来た。当時はまだ松阪駅を松阪停車場と呼んでいた時代である。

前夜、停車場まで見送りに行くというあさゑを小津は断った。青春期の子どもにとって母の愛情は、時にわずらわしく感じるものだ。しかし結局、最後は彼女に押し切られてしまった。

松阪停車場の下りホームに、うららかな春風が通り過ぎていく。

そのたびに小津が読んでいる本のページがパラパラとめくれ上がった。

「学校の先生になった以上、大切なことは道徳に従い、よりいっそう精進せなあかん」

生返事を繰り返す小津に、あさゑは言った。

結婚後、ずっと深川に住んでいたあさゑだが、もともと津市の生まれでこの地元で育っている。東京に嫁いでからは方言が出ないように気をつけていたが、地元に帰ってからは再び故郷の言葉が出るようになった。

「道徳？」

小津は初めて本から目を移した。

「そうや」

「俺には一番縁遠いもんやな」と苦笑した。

「いや、安さんには品性がある」

息子は確かにやんちゃだが、品性が備わっていると思っている。品性のある人間には自然と道徳が備わるものだと、あさゑは確信していた。彼女が何より嫌ったのはゲスであり、卑(いや)しさだった。

「親バカチャンリンや」

小津が茶化(ちゃか)すように言った。

「親バカチャンリンでけっこう。親はみんなそういうもんや」

あさゑは可笑(おか)しそうに言い返した。

「小津！」

そのとき突然向かい側のホームから、だみ声が飛んできた。

見ると、カニが立っていた。

小津はげんなりした。中学時代、小津の仲間がしでかした他愛ない悪戯に対し、連帯責任だといって小津を寄宿舎から追い出した、あの男である。濡れ衣を着せられた小津は生涯この男を許さなかった。晩年、同窓会でこの教師を呼ぶ話が出たときも、あいつが来るなら俺は出ないとまで言い切るほど、彼を嫌っていた。

いくら小さな町とはいえ、まさか出立の日にこの男と出会うとは、なんたる不運か。

「なっとした？　一年しか経っとらんのにもう恩師の顔忘れてしもたんか？」

カニは小津を挑発するように言った。

「安さん、挨拶くらいしやんと」

あさゑは言ったが、小津は相手にせず本に目を移した。

カニはその態度がしゃくに障ったのか、

「宮前村で小学校の先生やるんやて？　お前が先生とはなぁ」

そう茶化すと、殊更大きな笑い声を上げた。

どこで聞きつけたのか、カニは小津が宮前尋常小学校の代用教員になることを知っていた。

こらえきれず小津は本をパタンと閉じ、カニを睨みつけると、あさゑが小津の袖をつかんだ。

「安さん、大切なことは人から学べや」

「あいつから学ぶもんはない」

「そうか？　よう見てみい、あんな教師になりたいか？」

「なりたいわけないやろ、あんなやつは反面教師や」

「ほら、さっそく学んどるやんか。学校の先生になった以上は品性をもって生きることや。少々荒くたいのはだんないけど、品性が卑しなったら人間お終いや」

やんちゃはかまわないが品性下劣を、あさゑは嫌った。

「品性が卑しい？」

「そうや。心は正直、顔に出る」

あさゑはそう言うと、涼しい顔でカニに会釈した。なにも知らずカニは満足そうに手を振った。

小津は思わず吹き出しそうになった。

小津はカニを見ながらぼんやり考えた。自分はどうして教師になろうとしたのだろうかと。

旧制中学を卒業したとき、〈此の日娑婆の学校と縁をきった　永久に〉と日記に書いたはずではなかったのか。そんな俺がなぜ教師という仕事を選択したのか。

当初は身過ぎ世過ぎだと思っていたが、そればかりではないような気がしてきた。

世の中にはカニのような教師が佃煮にしたいほどたくさんいる。子どもにすればいい迷惑だ。振り返ってみれば、恩師などというような人物にはほとんど出会わなかった。

いったい教師という仕事は、どういうものなのだろう。もともと子ども好きだった小津は自分でもやってみたくなったのだ。そんな素朴な興味が湧いてきたに違いなかった。

そう思っているうちに、汽笛とともに汽車がホームに滑り込み、カニが視界から消えた。

小津は、あさゑを一瞥することなく汽車に乗り込んだ。

汽車がゆっくり動きだすと、小津は窓から少し顔を出して後ろを振り返った。

蒸気の向こうにずっと佇んでいるあさゑの姿が見えた。小津はあさゑが見えなくなるまで黙って見つめていた。

小津のモラトリアムの季節は、こうしていくつかの偶然が重なるようにして終わりを告げ、社会への第一歩を踏み出すことになった。

小津が生涯、語ろうとしなかった教師時代の始まりである。

そしてそれは――

なぜ小津がこの一年間を語ろうとしなかったのか、その謎を解く旅の始まりでもあった。

第二章　教師たち

飯南郡宮前村（現・松阪市飯高町宮前）は三重県の中央部西側に位置している。

小津が向かった宮前尋常小学校は、松阪停車場から終点の大石駅まで一時間ほど乗車し、そこから木炭バスに乗り替えて、さらに一時間走ったところにある山あいの学校だった。

かつて村は紀州藩の参勤交代や商人たちが往来する和歌山街道の宿場として栄え、江戸時代までは花岡神社周辺に、八軒ほどの旅籠が軒を連ねていた。

小津がこの村にやってきた頃には、老舗の江戸屋をはじめ、むらふじや角屋旅館、大西など六軒の旅館が残っていたが、宿場町としての賑わいはすでに消え、代わって材木業が盛んになっていた。村には白川郷のような茅葺屋根の家屋が数多く見られ、田舎ではあったが古き日本の家並みの風情が残っていた。

村人の多くは山仕事に関わっていて、地元では彼らを「山仕」と呼んだ。外からの往来も、その多くは林業関係者だった。

目の覚めるような櫛田川の清流が、檜や杉などの深い山並みを縫うように伊勢湾へと流れ込んでいる。

山から伐(き)り出した木材を五本ずつ束ね、村に沿って流れる櫛田川に貯木し、松阪付近まで川流しで運ぶ、「かるがりさん」という筏(いかだ)職人が、村と松阪近くまでを行き来していた。

岡本旅館は、そんなかるがりさんや荷馬車の馬方、薬売りの定宿だった。小津もその夜は旅館に泊まった。突然の赴任だったため、下宿の準備がまだできていなかったのだ。

小津が荷を解き、風呂に入ってささやかな夕餉(ゆうげ)をすませると、すでに日はとっぷりと暮れていた。出窓に腰を掛けて外を眺めると、空には煌々(こうこう)と満月が輝き、この村の最高峰である局(つぼね)ヶ岳の輪郭が、水墨画のように浮かび上がっていた。

翌日、小津は朝食を終えると、辞令を受け取るため村の役場に向かった。受け取った辞令は証明書として小学校に持参しなければならない。

辞令には〈三重縣／小津安二郎／宮前尋常高等小學校代用教員ヲ命ス／月俸参拾五円給與／大正十一年三月三十一日／飯南郡役所〉とある。

月給三十五円というのは当時としては破格で、この村がいかに教師を待ち望んでいたかが分かる。

宮前尋常小学校の教師として正式に奉職が決まると、小津は挨拶をするためさっそく赴任先を訪ねた。

宮前尋常小学校は、村の中心地を通る和歌山街道に面したところに、こぢんまりと立っていた。

正門柱には墨痕鮮やかに宮前尋常小学校と大書され、中に入ると正面に向かってコの字形に小学校が建てられている。

その周囲は正門の部分以外、一間（約一・九メートル）ほどの高さの槇垣で囲まれていた。槇は水分をよくたくわえるので防火や防風のために植えられている。正面近くには桃ノ木が植えられ、校舎の裏手には東便所と西便所があり、その傍らには背の高い二本のポプラがそびえている。


熊田校長と三輪教頭が校長室で小津を出迎えた。

校長は、小津から渡された辞令を確認すると、

「おーづ先生には、この宮前村に骨を埋める覚悟で精進してもらいたい」と相好を崩した。

校長は、おーづ先生と呼んだ。この土地独特の方言である。一字一音の漢字は伸ばして発音することが多い。

小津は五年男子組四十八人を任された。国語、算術、日本歴史、地理、理科、図画、唱歌、体操、裁縫、手工が主な教科課程で、修身、今でいう道徳は、校長が受け持つことが慣例となっている。

小津は一礼して顔を上げると、思わず口元が緩んだ。

改めて見直すと、校長は腹が出ているせいで背広のボタンが弾けそうになっている。鼻の下にたくわえている髭もご自慢らしく、先ほどから何度も撫でている。熊田校長の髭ということで、子どもたちは彼を「クマヒゲ」と呼んでいた。

隣に控えた三輪はロイド眼鏡をかけ、仕立てのよいベージュのスリーピーススーツに蝶ネクタイを結んで、この田舎には不釣り合いな格好をしている。二人は背丈も違えば雰囲気も違う。熊田はいかにも校長然とかまえ、三輪はいかにも教頭然としている。

小津は自分の小学生時代を思い出した。

そういえばあの頃も、校長、教頭は絵に描いたようなコンビだった。役職が「らしさ」をつくるのだろうか。誰かがそう仕向けたわけではないのに校長と教頭は、相場が決まったかのように一対で様になっている。それがなんとも可笑しかった。

「本校はここ数年、ずっと教師が不足しとったでほんまに助かった。よろしゅう頼むに」

クマヒゲが言うと、

「これで教師は八人になりましたね」

三輪が相槌を打った。

「ええ身体しとるけど、学生時代はなんかやっとったんか？」

クマヒゲが尋ねた。

「柔道部に入ってました」

「ほう、そりゃけっこう、文武両道はなによりや、うん」

クマヒゲは満足そうに自慢の口髭を撫でた。

「何段です？」

三輪が訊いた。

「段位は取ってません」

宇治山田中学の柔道部は県下でも有名だったが、小津自身は昇段試験を受けずに卒業している。

「私は初段でしてね」

「そうですか」

小津は素直に感心した。

「こう見えても教頭は学生時代、柔道の猛者やったんや。人は見かけによらんいうこっちゃ」

クマヒゲは自分のことのように自慢した。

「いつかお手合わせを願いたいものですな」

微笑んではいたが、三輪の目は笑っていなかった。

「そりゃ見ものや」とクマヒゲは哄笑した。「まあとにかく、じっくりとこの宮前村に腰をすえて立派な教師になっておくんない」

小津は黙って会釈した。


「ずいぶんと田舎で驚いたでしょう」

三輪は、小津と二人で廊下を歩きながら、先ほどとは打って変わり親しみを込めて話しかけてきた。校長室での三輪は、小津をじっと冷たく観察するような眼差しで見つめていたから意外だった。

「いえ」

「遠慮せず本当のことを言えばいい、顔にそう書いてある、とんでもないところに来たなと」

「別にそんなこと思てません」

「そうですか、ならけっこうですが……確か先生は十歳まで東京暮らしだったようですな」

「はい」

「どうして松阪に？」

「父が自分の郷里に住むよう決めたんです、子どもの頃はこちらのほうが健康にええやろて」

「ほう、では一家そろって引っ越しというわけですか」

「いえ、父は肥料問屋の番頭を任されとるんで東京に残ってます」

「なるほど。私も大学は東京でしてね、そのまま就職したんですが、村長からどうしても地元の力になってほしいと頼まれて仕方なく帰ってきたんです。とはいえ、今ではここの暮らしに満足していますがね」

満足してはいない。

三輪は東京で暮らすことが夢だったからだ。だから大学を出た後、すぐに東京の商社に就職した。ところがその夢が実現してしばらくすると、宮前村の村長から手紙が届いた。宮前尋常小学校の教員不足が深刻なため、ぜひ貴殿の力を貸してほしいと。

三輪は何度も断った。すると、村長自らが上京して直談判に及んだ。君は我が故郷の誇りだ、なんとかして地元の教育に尽力してはくれまいかと頭を下げた。とうとう、将来は宮前村の村長になれる男だとまで持ち上げた。

そもそも、こうした土着的な付き合いが三輪は苦手だった。

彼はモダンな世界に憧れていた。

三輪が上京した時代、東京は大正ロマンの香りに溢れていた。

彼は明治とは違った退廃的な和洋折衷の雰囲気に心を酔わせた。

故郷では決して出会うことのないおしゃれな女性が、街を歩く姿に見惚れた。

しかし、田舎からやってきた三輪には薬が効き過ぎた。

金が入ると流行りの服を買い、めかし込んでは銀座を闊歩(かっぽ)した。

旧制中学時代、あれほど熱中していた柔道も辞めてしまった。人並みに恋もした。

中でも銀行員を父に持つ同級生と付き合ったときには、自分もいっぱしの東京人になったと錯覚した。東京育ちで洗練された彼女は、三輪にとって理想的な女性だった。

彼女と生まれて初めてライスカレーを食べたときは、大正ロマンの空気も手伝って夢見心地になった。

世間でどんな大事件が起ころうが、三輪には関係なかった。

将来、彼女と結婚することだけを夢見ていた。卒業後、きちんと仕事に就いて落ち着いたら、正式に向こうの両親に挨拶に行こうと考えていた。

ところが、彼女の父親は自分が勤める若い銀行員との見合い話を娘に勧めた。

その話を聞いたとき、三輪はさほど心配しなかった。彼女を信じていたからだ。

しかし、現実が思うように運ばないのは世の常である。

三輪は初めて失恋した。大失恋だった。

よせばいいのに男友達が、彼女の見合い相手が東京の山の手育ちのボンボンだと三輪に伝えに来た。本物の東京育ちの男に負けたのだ。男ぶりではなく田舎育ちだから負けたのだと思った。

屈折した思いが三輪の心に渦巻いた。しこたま酒を呑んでは吐いた。もう仕事に身が入らなかった。

宮前村の村長が三輪の父親を引き連れて再び東京にやってきたのは、そんなときだった。

「もっぺん、考え直してくれへんか？」

村長は三輪に再度、懇願した。

「村長さんがこれだけ頼んどるんやに」

父親も、三輪を説得した。

「分かりました。田舎に帰ります」

三輪は呆気（あっけ）ないほど簡単に承諾した。

村長と父親が拍子抜けしたように顔を見合わせた。

彼女と結婚できないのであれば、もうどうでもよかった。捨て鉢な気持ちが心に巣食っていた。

しかし、いざ田舎に戻ってくると、自分がなぜこの村を出たのか改めて思い知らされた。この村にまた染まってしまうのは嫌だった。

田舎で東京の言葉を使うたび周りから嘲笑されたが、三輪はせっかく身につけたものをなくしてたまるかと頑なだった。

口には出さないが、クマヒゲのように野暮ったい身なりも嫌いだった。自分は他の教師とは違うのだ。いつもパリッと三つぞろえのスーツを着こなし、村の風景に溶け込んでいないことが、逆に彼の自尊心をくすぐった。

運動の時間、雨が降るとほとんどの教師は子どもたちに教室の掃除をさせた。

しかし三輪は違った。

きまって大正ロマンの香り高き東京の文化について、朗々と語りだすのだった。

子どもたちは三輪の話を諳んじられるくらいに何度も聞かされた。大正ロマンという言葉が必ず出てきた。うんざりした子どもたちは三輪のことを、陰で「ロマン」と呼んでからかった。

三輪は子どもたちからロマンと呼ばれていることを知っていたが、まんざら悪い気はしなかった。彼の耳には「ロマン」は、耽美的な尊敬語のように響いたからだ。

ロマンは親戚の勧めで、村で製材業を営んでいる素封家の娘と見合い結婚をした。もう恋愛に夢見ることはなくなった。仕事も金も心配ない。時には松阪まで繰り出し、芸者を揚げて痛飲した。そして毎度不快な思いにとらわれた。酒が美味くない。なぜだ？　小さな村とはいえ、私は小学校の教頭だ。将来、校長は間違いない。順風満帆ではないか。

とは思うのだが、時々、虚無感に苛まれた。自分はかつてこの村で神童と呼ばれていた。そんな男が本当に望んでいたことを諦めて、「次点」の人生に甘んじているのではないか。ロマンは今の境遇に心底満足してはいなかった。そのため、他の教師に対して野暮な連中を見るような眼差しが見え隠れした。

だから小津を初めて見たとき、心がざわついた。小津は他の教師と明らかに違っていた。

小津の生まれは東京深川で、彼はそこで十歳まで暮らしていた。小津の佇まいからは、ロマンが憧れる東京人のモダンな香りが漂ってきた。身体から無意識に発せられる洗練された雰囲気は習得して身に着けられるものではなく、ロマンのアンテナをいたく刺激した。

しかしそれが嫉妬からなのか、羨望（せんぼう）からなのか、このときロマン自身にも分からなかった。


「みなさん、ちょっといいですか」

ロマンは職員室に入ると、教師たちに声をかけた。

教師たちが手を休め、顔を上げた。

「今年度から本校に赴任することになった、おーづ先生です。松阪からおいでになりました。先生には五年男組を受け持ってもらうことになります。みなさん、どうか快くお迎えください」

地元の方言を排したつもりのロマンでも、一度身に着いたものはなかなか直せない。無意識に松阪を「まっつぁか」と発音してしまう。『東京物語』の中で、三男役の大坂志郎が母親の臨終に間に合わず、「生憎と、まっつぁかのほうに出張しとりましてな……」と発音しているのは正しいイントネーションで、小津演出のこだわりだろう。

「小津安二郎です、よろしゅうお願いします」

小津が挨拶をすると、教師たちも各々が会釈した。

「ここの席を使って下さい。お隣は渡辺みつ先生です」

ロマンが小津を空いた机のほうに招き入れると、左隣に座っていた教師を紹介した。

「五年女組担当の渡辺です」みつが改めて挨拶をした。「先生の組とは唱歌の時間に合同でやらしてもらうことになります。よろしゅう頼みます」

「お世話んなります」

みつは、小津と同じ年齢で昨年赴任したばかりだが、すでにベテラン教師の立ち居振る舞いを感じさせた。子どもたちから「コナベ」と呼ばれているのは、昨年まで同じ苗字の臨時教師がいたからだ。辞めたもう一人の渡辺は身体が大きかったことからオオナベと呼ばれ、残ったみつはコナベというわけだ。

確かにコナベは、背は低いが肉感的でなかなか魅力的な女性だった。この学校の教師と付き合っては別れるということを繰り返している。

「五年男組はおちょくる子が多いで、甘い顔するとすぐつけあがります、気ィつけておくんない」

コナベはそうつけ加えた。

「俺も学生時代は教師を困らせていたクチやから」

「そやったら、意外とウマが合うかも？」

小津は屈託のない笑みを浮かべた。

コナベは、その笑顔を見てポッと頰を赤らめた。

「こちらは六年男組を担任してます、谷岡先生です」

ロマンは右隣の男を紹介した。

「よろしゅう頼みます」

小津が挨拶した。

「よろしゅう。葬式んときは突然休むことになるで、そんときは頼むでな」

「はい？」

小津が聞き返した。

「谷岡先生は、お坊さんでもありましてね、恵宝寺のご住職なんです」

ロマンが説明した。

今でも実家が寺という教師は珍しくないが、谷岡もその一人だ。

恵宝寺は宮前村にある寺で、村の法事はほとんどこの寺が仕切っている。そのため葬儀があると、谷岡は学校を休むことになる。

もちろん、いつ誰が死ぬかは前もって分からない。死んだからといって、仏さんを待たせておくわけにもいかない。

葬儀の日は、学校を休み、授業は自習か他の教師が応援に入る。これまでは五年男組の教師がその役割を担っていたため、谷岡はそう言ったのだった。

村の者たちには、教師というより寺の住職というイメージが強い。

現に子どもたちも谷岡のことを「オッサン」と呼んでは、毎度、本人から注意を受けている。

谷岡は三十四歳で、おっさんと呼ばれてもおかしくない年齢だが、中年男のおっさんという意味ではない。この辺りでは和尚さんのことをオッサンと発音する。「オ」にアクセントがついて、「サン」は下がる。中年男のおっさんとはイントネーションは違うが、谷岡は年齢以上に老けて見えるので、どちらの発音でもしっくりくる。

谷岡との挨拶が終わったのを見計らって、向かい側に座っている男性教師が立ち上がった。

「四年女組を担任してます、宮田です。よろしゅう頼みます」と深々と一礼した。

小津より一つ年上だが、気が弱そうでひょろっとしている。子どもたちからは「ヒョウタン」と呼ばれ、からかわれているが、その柔和な笑顔はなかなか魅力的だった。

小津以外では、この宮田とコナベが下宿組である。

「宮田先生の右隣は、四年男組を担当している丹波(たんば)先生です」

ロマンが紹介した。

宮田と違って、丹波は不愛想にわずかに会釈したきり、小津に目を合わせようとしなかった。丹波の父親は村の巡査をやっていたため、彼は官舎から通勤している。昔の警官は威張っていたが、ご多分に漏れずその息子である彼も子どもには厳しく、いつも命令口調で、校則を守らない子どもには容赦しなかった。子どもたちからは「ジュンサ」と呼ばれ、いつも煙たがられている。

コナベが今付き合っている相手は、このジュンサである。

もともと、愛想のいいほうではないが、先ほどコナベが小津と挨拶を交わしたとき、彼女の頬が赤らんだことをジュンサは見逃さなかった。それが気に食わなかったのだろう。

職員室で一通り挨拶を終えると、ロマンは小津を各教室に案内した。小さな学校なので、あっという間に済んでしまった。

小津は教科書を受け取ると、旅館に預けてあった荷物を受け取りに戻り、この日から下宿先として世話になる青木才次郎宅を訪ね、荷を解いた。屋号を「留蔵」といった。借間は玄関から見て二階の右奥八畳ほどの一部屋で、出窓からは狭い庭が見下ろせた。

下宿の主人である才次郎がお茶を持って、二階に上がってきた。

「家内がおらんので、なんのおかまいも出きひんけど堪忍してぇな」

地元で細々と農家を営んでいる才次郎は、数年前に妻を病気で亡くし、十八歳の長女と幼い長男、次女の四人で暮らしている。しっかり者の長女が母親代わりとなってきょうだいの世話をしているが、小津の食事の世話までは手が回らない。それは初めから承知の上だった。

「部屋を貸してもらえるだけで充分です、なにより学校の真裏というのがええです」

それが、この下宿を選んだ理由だった。ここからなら放課後、子どもたちが遊ぶ声も聴こえてきそうだ。

「ここやったら学校の鐘が鳴ってからでも間に合うし、あッ、こんなこと先生に言うたらあかんな」才次郎は笑った。

確かに留蔵宅の裏庭からは、直接小学校の通用門に抜けることができた。実際、小津は遅刻しそうになったとき、この通り道を大いに活用することになる。

学校では給食が出ないため、子どもたちはそれぞれ家から弁当を持参する。

とはいっても、ふかしたサツマイモや麦ごはんが主で、めざしの干物や卵焼きが入っていれば大変なご馳走だった。

校長と教頭は、それぞれ自宅に食べに戻り、他の教師は弁当を持参する。

食事付きの下宿に住んでいる教師も昼の弁当を用意してもらえるが、弁当の中身は子どもたちとそれほどかわらない。

小津も昼飯を食べないわけにはいかない。調達先を訊いた。

「食事はここから歩いてすぐんとこに奈良屋いう飯屋があるんさ。そこを利用しておくんない」

「そこで昼飯も頼めます?」

「ええ、奈良屋に頼んどいたら学校まで持ってきてくれますわ」

その言葉通り、小津は一年間毎日のようにこの奈良屋に世話になることになる。

「もう学校には行ったんかいな？」

才次郎が尋ねた。

「さっき、ちょっと挨拶に――」

「正面向かって左側に離れのような建物がありましたやろ」

「ええ」

「あの建物には校長の家族が住んどるんさ」

「へぇ……」

「そやから気ぃつけてぇな」

「なにを、気ぃつけるんです？」

小津が訝しげに尋ねた。

「校長の奥さん。じっと外見て監視しとるんさ」

「監視？　誰を？」

「先生たちを。ほんで遅刻してくる先生がおったら校長に言いつけるんさ、まるでそれが趣味みたいに。たとえ一分でも遅れたら容赦あらへん。校長は奥さんに頭が上がらへんのでな」

小津は苦笑しながら、出されたお茶を一服した。

「まあ、それ以外は見ての通り田舎やから、ゆっくりしてもうたらええでな。この村におったら金もかからんし、げんに今飲んでもろうとるお茶も自家製なんさ」

この村では、家や畑の周りで垣根代わりに茶を植えているところが多い。季節が来るとそのお茶の葉を摘んで、自分のところで蒸して製茶にしていた。

蚕(かいこ)を飼って、自宅で生糸を作る家も少なくない。コンニャクイモはほとんど自家製である。

「ほな、御免なして」

才次郎はそう言うと部屋を出ていった。

ひと休みしてから小津は柳行李を開けた。中には映画のチラシ類がいっぱい詰まっている。

自分で決めた道とはいえ、カツドーを観ることがなによりも楽しみな男が、活動小屋一つない村で独り暮らしを始めたのだ。小津はふとため息を漏らした。


夕方、腹ごしらえのため、小津は奈良屋に向かった。

才次郎の言った通り、下宿から歩いて二、三分のところにあった。店に入ると、むせかえるような熱気が充満していた。

半纏(はんてん)姿の男たちがそこかしこで飯をかき込んでいる。酒を酌(く)み交わしながら談笑している男たちもいた。総じて声が大きいので、狭い店の中で反響するようだった。

奈良のほうからやってきた薬売りだろう、大きな柳行李を足元に置いて、一人黙々と食べている男もいる。

「おーづ先生」

不意に後ろから声がした。

振り返ると、店の隅にヒョウタンが一人で座っていた。

「宮田先生」

「先生も晩飯なん？」

「ええ」

「よかったら一緒にどうです」

ヒョウタンが誘った。

「よう来るんですか？」

小津が訊いた。

痩せたヒョウタンが、体格のいい半纏男たちに交じって飯を食っているのが、意外だった。

「いや、普段は下宿先で用意してもらうから、たまにしか来えへんのさ」

小津は、宮田も自分と同じ下宿組だと知った。

彼は三重県中勢部に位置する久居町の生まれで、実家は農家を営んでいる。県内とはいえ宮前村まで通勤することはできないため、ヒョウタンは二年前からこの村に住んでいる。

女将が近くに来たので、小津は親子丼と酒を注文した。ヒョウタンの前に置かれた食べかけの親子丼が美味しそうに見えたからだ。

「有難いことに、この店はなにを注文しても安くて量が多いんさ。まあ僕は少食なんやけどな」

ヒョウタンはそう言って微笑んだ。言われなくても、ヒョウタンの痩身を見れば分かる。

「あのへんに座ってるかるがりさんたちも毎日来とるんさ」

「かるがりさん？」

「山から伐り出された材木を川で運ぶ筏職人でな、この村は山仕事の人が多いんさ」

「子どもらの家も山仕事しとる親が多いんかな？」

ヒョウタンは頷いた。「子どもらも時々、親に連れられて山に入るみたいやに」

「山に入る？」

「小学校んときから親と一緒に山仕事する子もおるんさ。そやでみんなけっこう力自慢がおってな、僕なんかきょんきょんやから子どもと相撲とったら転がされるんちゃうやろか」と自嘲した。

「きょんきょん」とは、この辺りの方言で痩せていることをいう。

小津は、ヒョウタンの痩身を眺めつつ、確かにそうだろうな、と思った。

「まぁ、学校の中でも、五年男組は特にごんたが多いで大変や思うわ。とは言うても、毎年五年生は手ェ焼くんやけどな」ヒョウタンが続けた。

当時は尋常小学校六年までが義務教育である。

村の子どもたちは学校を卒業すると、女子は紡績製糸工場に、男子は家業の山仕事を継ぐか、村を出て丁稚奉公に出ることが多かった。

この村に限らず、昔は口べらしのため、尋常小学校を卒業すると子どもたちを働きに出す家は珍しくなかった。そのため、みんな幼い頃から自立を強いられた。

子どもたちは六年になると自然と顔つきが変わり、大人びてくる。

彼らにとって五年生はいわば、「子ども時代」の最後の学年なのだろう。やんちゃぶりが際立つ。

食べ終わった客の一人が、ヒョウタンと会釈を交わすと店から出ていった。

小津がその客のほうに目をくれると、「奈良から来とる、薬売りのおじやんや」ヒョウタンが言った。

薬売りと言えば、「富山の薬売り」が有名だが、この辺りでは「大和の薬売り」のほうが馴染み深い。明日香村の隣に位置する高取町（たかとりちょう）は、昔から薬草の地として知られ、薬売りを生業（なりわい）にしている店も多い。大峰山の開祖「役行者（えんのぎょうじゃ）」が製法を伝えたと言われる「陀羅尼助（だらにすけ）」は、今でも有名な胃腸薬である。胃腸の弱い彼は、この薬売りのお世話になっている。

大和の薬売りは和歌山街道を通り、松阪伊勢まで足を延ばす。

彼らは家々に置き薬を備えてもらい、薬の交換のため定期的にこの村にも訪れるのだ。

「今日、先生の顔を見て、ホッとしたんさ」

「ホッとした？」

「ええ、学校には年の近い男の先生がおらんで、気楽に話す相手がおらんだんさ。去年は奥山という先生がおったんで助かったけどな」ヒョウタンは言った。

「奥山正次郎のことかいな？」

「奥山先生のこと知っとるん？」

「知るもなにも、奥山とは中学んときの友達やし」

「へぇ……」

ヒョウタンの目が輝いた。

「そもそもあいつと松阪の本屋でたまたま会うて、教師をやっとったて聞いたんが、ここに来るきっかけやったから」

「そやったら奥山先生が、おーづ先生に会わしてくれたようなもんやな。感謝せなあかんな」

ヒョウタンは嬉しそうな顔をした。

「奥山とそんなに仲良かったん？」

「休みの日は二人でよう呑んでな、下宿先が酒屋やったで」

「奥山の下宿先が？」

「いや、僕の下宿先が。先生が下宿しとる三軒隣の酒屋の二階を間借りしとるんさ」

「それはええなぁ……」

小津が思わず呟いた。

酒屋に下宿していたところでタダ酒が振る舞われるわけでもなく、どこに住もうが同じようなものだが、酒屋独特の香気がいつも漂っている場所に間借りしていることが、愛酒家の小津には羨(うらや)ましかったのだろう。

　ちなみに、小津の酒歴はまだ日が浅かった。彼が初めて酒を口にしたのは大正十年（一九二一）一月二日のことで、まだ一年ほどしか経っていない。しかもそのときは屠蘇(とそ)を呑んで吐いている。彼はこの一年でみるみる酒が強くなった。

　小津は先に運ばれてきた酒をさっそく口にした。

　ヒョウタンはオッサンと時々一緒に釣りに行っているようだが、それ以外の教師とはあまり馴染んでいない口ぶりだった。特にジュンサには苦手意識があるようだ。

「どうかよろしゅう頼みます」

　ヒョウタンは会釈した。

「こちらこそ」

　注文した親子丼が運ばれてきた。確かにてんこ盛りだ。

「こりゃ食べ応えあるな……」

「そやろ？」

　気が付けばずいぶん腹が減っていた。

　小津はどんぶりを持つと、周りにいる半纏姿の男たちと同じように、親子丼を一気にかき込んだ。

　その食べっぷりを見てヒョウタンは人懐っこい笑みを浮かべると、やおら食事を再開した。

第三章　子どもたち

宮前尋常小学校では雨の日以外、毎朝狭い校庭で「朝会」の合同体操が行われる。

それが終わると校長から訓辞があり、子どもたちはようやく教室に戻ることができる。

しばらくすると用務員が手に持った鐘を鳴らして廊下を歩き、それを合図に授業が始まる。

小津は、五年男組の教壇に立った。

これまで自分も教室で勉強していたわけだが、同じ教室でも生徒の側から見るのと、教壇に立って見るのとはずいぶん景色が違うものだと思った。

「松阪から来た小津安二郎や。今日からお前たちの担任をすることになった」

校長、教頭以外の男性教師同様、小津も黒の詰襟(つめえり)五つボタンの服を着用していた。

一見、子どもたちはみな神妙に座っているようだが、油断のない眼差しで小津を見ていた。

中でも窓側に座っている源太(げんた)と武一(ぶいち)の目つきからは、あからさまな敵意が感じられた。

「生まれは東京深川やけど、九歳のときに松阪に引っ越して、それからはずっとこちらで暮らしとる。とは言うても、宮前は初めてやでよろしゅう頼むわ。勉強以外でも心配事があったら、なんでも遠慮のう相談に来たらええ」

小津が挨拶を終えても、子どもたちからはなんの反応もなかった。

「なっとした、みんな黙って。なんか訊きたいことはあらへんのか？」小津が促した。

相変わらず、みんな警戒するように小津をじっと見ている。

教室は不自然なほど静まり返っていた。

「先生」

ひときわ大きな毬栗（いがぐり）頭を反り返らすようにして、源太が手を挙げた。

「なんや？」

「訊きたいことやのうて、言いたいことでもええの？」

「言いたいこと？」

「うん」

「ええぞ」

「ほんなら言うけど……先生、その格好、全然似合わんに」

子どもたちから笑い声が漏れた。

廊下側の後ろのほうに座っている哲夫（てつお）だけは腕を組み、その太い眉毛をピクリともさせず小津を見つめている。

「似合わん？」

「そうや」

源太が得意げに言った。

子どもたちが新任の教師を試すのは、いつの時代でもよくやることだ。まして小津と子どもたちの年齢は十歳と違わない。子どもたちにとって小津は兄貴のような年頃だ。

「やっぱりそうか」

小津は素直にその通りだと思った。詰襟の服は借りてきた衣装を着ているみたいで着心地が悪かった。旧制中学時代は、学校から帰るとほとんど紺絣(こんがすり)の着物を着て過ごしていた。

「学生みたいや」

調子に乗って、今度は武一が口を開いた。

「その通りや」小津は答えた。

「え?」

小津が怒りだすと思っていた武一は意外そうな声を出した。

「先生は先月まで、一浪した学生やった」

小津はあっけらかんと答えた。

拍子抜けしたように、源太と武一が顔を見合わせた。

和(なご)んだというわけではないが、少し教室の空気が変わったようだった。子どもたちにとって、これまで経験したことがない不思議な違和感だった。

小津が授業を終え職員室に戻ってくると、隣の席で授業の準備をしていたオッサンが声をかけてきた。

「どうや、あいつらの様子は」

「みんな正直で安心ですわ」

「正直？」

「この格好が似合わんて」

小津は可笑しそうに言った。

「源太やな……」

オッサンが苦い顔で腕を組んだ。

「確かにその通りや」

「先生が納得してどないするんや」オッサンが呆れたように言った。「これは教師の制服みたいなもんやから、似合うも似合わんもないやろ」

「おちょくっとるヤツは、ガツンとやったっておくんない」

隣にいるコナベが口をはさんだ。

「いや、子どもは正直が一番」小津は答えた。

子どもからすれば、教師というものはたいていからかいの対象である。教師だから無条件に尊敬しろと言ったところで無理な話だ。自分もかつては教師に突っかかっていたものだ。

小津は何事もなかったかのように便所に立った。

ロマンは教頭の席で顔を上げると、なにか言いたげに小津の後ろ姿を目で追った。


放課後、校庭に西日が差す頃、花岡神社では源太と武一が相撲を取っていた。

地元の子どもたちにとって、お宮さんの境内（けいだい）は格好の遊び場だ。

源太が武一を投げては、「もう一回！」と言い、そのたびに武一はかかっていくが、何度やっても源太には歯が立たない。

「源ちゃん、もうええわ」

武一がげんなりしたように言っても、源太はなかなか許してくれない。

「わじょがもっと強ないと宮前のやつらにおちょくられるんや、もういっぺん！」

そこに定吉が急いで走ってきた。

「遅いやろ！」

源太が声を上げた。

武一はようやく助かったと思った。

定吉が息せき切ってやってくると、不機嫌そうな顔で源太がつめ寄った。

「さっき、哲となにしゃべっとんや」

「別になんもや」

「ウソこきが、仲良うしゃべっとったやろ」

定吉は黙り込んだ。

「わじょはわいらの仲間とちゃうんか？」

「仲間や」

「そやったら、ほんまのこと言えや」源太が凄んだ。「言えや、なにしゃべっとったんや」

「……哲夫が本、貸したる言うから」

定吉が小声で答えた。

「借りたんか？」

源太が睨みつけた。

定吉がまた黙り込んだ。

「はっきり言えや！」

源太が声を荒らげた。

「……借りた」

「出してみぃ」

定吉は、恐るおそる布製の雑嚢から一冊の本を取り出した。それは明治三十九年から発行されている子どもたちの人気雑誌『日本少年』だった。読書好きな定吉にとっては宝物のような本だ。

源太は定吉からいきなり本を奪い取ると、思いっきり地面に叩きつけた。

「なにすんのや！」

定吉が、思わず声を上げた。

「あほだら！　赤桶のもんが、哲なんかと付き合うな！」

源太が頬を殴ると、定吉は後ろに尻もちをついた。

「返してこい！」

源太は定吉を睨みつけると、武一を連れて神社から出ていった。

定吉は地面に投げつけられた本を拾い上げた。汚れたところを袖で拭いたが、本は折れ曲がっていた。

「なっとしょう……」

定吉は泣きそうな顔になった。


赤桶地区から宮前までは、珍布峠を越えて三十分以上かかる。

そのためここで暮らす子どもたちは、四年生まで赤桶の分教場で学び、五年生になると宮前尋常小学校の本校児童たちと合流する。

宮前に住む子どもたちは一年生のときからずっと本校に通学しているため幼なじみばかりだが、赤桶の児童とは運動会や学芸会、入学式や卒業式などで一緒になる以外、五年生になるまでほとんど交流はない。そのため、合流すると本校と分教場の子どもたちの間で喧嘩になることが少なくない。

それまで本校の四年男組を仕切っていたのは、郵便局に勤める父を持つ哲夫だった。哲夫は頭がよく、リーダーシップがあることからいつも周りには仲間が集まっていた。

いっぽう源太は武一や定吉たちを引き連れ、赤桶地区からやってきたガキ大将だった。

お互いに以前から噂は聞いていたため、教室での主導権を巡って張り合っていた。特に赤桶地区からやってきた源太は、本校の連中になめられてたまるかという気持ちが強かった。

他に下滝野分教場から来た子どもたちもいたが、特にリーダー的な存在がいなかったため、揉めることなく、いつの間にか本校組に吸収されたような感じになっていた。

ヒョウタンが言った通り、五年生が特にやんちゃなのは、「子ども時代」の最後の学年という理由もあるだろうが、本校組と分教場組の子どもが合流する学年だからでもあるのだ。

翌朝——

快晴のもと、小津が小学校の正門に現れた。

「なんやあの格好は」

クマヒゲが、校長室の窓から外を眺めた。

「昨日、生徒に服装のことを言われたからでしょう」

傍らにいるロマンが説明した。

小津は飛白(かすり)の着物に袴姿、桐の下駄ばきで、手には風呂敷包みを提げていた。髪型は五分の刈り上げである。

「それで着物に袴か……」

少し呆れたようにクマヒゲが言った。

「なかなか似合ってますな」

ロマンはポロリと口から出た。

クマヒゲが渋い顔でロマンを睨んだ。

小津はこの日以来、学校ではこの格好で通すことになる。

朝会で源太たちは、袴姿で平然と合同体操をやっている小津を見て呆気にとられた。

とはいっても子どもたち自身も五年生になると、特別な事情がない限り、男女とも木綿の着物に、ひざ小僧辺りまでの袴をはく。足元は草履履きだ。

いつものようにクマヒゲの挨拶が終わると、子どもたちは教室に戻り、一時間目の始まりを告げる鐘が鳴る。

下駄箱では、五年男組の和助(わすけ)が、急いで上履きに履き替えていた。この日、和助は遅刻して朝会に間に合わなかった。そのまま教室に向かおうとすると、後ろから声がかかった。

「和助、ちょっと待ちない」

振り返るとコナベがこちらに向かって、怖い顔で歩いてきた。

「なんの真似や」低い声だ。

和助の背中には、赤ん坊が背負われていた。

「弟です」

和助は答えた。

「それは見たら分かる。お前は、学校へ子守りしに来とるんかと訊いとるんや」

「今日はカアヤンが朝から身体がえらいから、こいつの世話できへん言うて……」

「そや言うて、学校へ連れてきたらアカンやろ」

和助は下を向いた。

「ええか、学校は勉強するとこや。赤ん坊背負うとったら勉強どころやないやろ。お前はそんなんも分からんのか」

コナベの声が廊下に響いた。

「どうかしました？」

小津が廊下の奥からやってきた。

「おーづ先生、この子、子守りや言うて赤ん坊を学校に連れてきとるんさ」

コナベの声が、急に甘やかになった。

「子守り？」

「そうなんさ。先生からも注意したってくんない」

和助が黙ってうな垂れている。

「弟か？」

小津が和助に訊いた。

「はい」

「そうか……」

小津は和助の背中に背負われた弟に目をやった。和助に似た、目のクリクリした赤ん坊だった。

「お前は偉いな」

「え？」

コナベが戸惑った顔で小津を見た。

「子守りしながら勉強するというのはたいしたもんや」小津は感心したように言った。「弟の名前は？」

「幸助です」

和助が答えた。

「ほな幸助、今日はお前も一緒に勉強やな」

コナベの口が半開きのままになっている。

「行くぞ」

小津が促した。

和助は少し笑みを浮かべると、小津の後を追った。

「ちょっと、おーづ先生！」

コナベは慌てて声を上げたが、小津は何事もなかったかのように教室に向かった。

二人の後ろ姿を、コナベが恨めしげに見ていた。


五年男組の一時間目は国語読本だった。

「今より二百數十年前、山城宇治黄檗山（おうばくさん）萬福寺に鐵眼（こつげん）といふ僧ありき、一代の事業として一切經（いっさいきょう）を出版せん事を思ひ立ち……」

小津が左手を懐（ふところ）に入れ、右手で教科書を持ち、歩きながら朗々と読み聴かせている。

和助は、椅子を逆向きにして座っていたが、しばらくすると背中に背負った幸助が泣きだした。

和助があやしても泣き止（や）まない。

源太たちが和助を睨みつけるように振り返った。

和助はたまらず席を立った。

「どこ行くんや」

小津が声をかけた。

「泣き止まんので、少し外に出てます」

「だんねえ、ここに居（お）れ。赤ん坊が泣くのは当たり前や」

泣き声は廊下にまで響いた。

校長室のクマヒゲと職員室のロマンが手を止め、耳をそばだてた。

五年女組の教室ではコナベが朗読を止め、言わんこっちゃないという顔で男組のほうを見た。

たまらず小津の教室に向かおうとすると、ピタリと泣き声が止み、代わって小津の声が聞こえてきた。

「如何なる困難を忍びてもちかって此（こ）のくはだてを成就せんと、広く各地をめぐりて……」

五年男組の教室では、小津が和助に代わっておんぶ紐（ひも）で幸助を背負い、本を読んでいた。

幸助が小津の大きな背中で気持ちよさそうにうたた寝をしている。

小津が赤ん坊を背負う姿はなかなかさまになっている。彼は中学二年のときに生まれた十四歳年下の弟、信三（のぶぞう）を背中におぶってよくあやしていた経験があった。

教室内を歩く小津を、源太はムスッとした表情で見ながら、

「おーづせんせい、集中できやんわ」

「赤ん坊がおるくらいで勉強できんでなっとする。ちょぼっとくらい我慢せえ」

「嫌や、こんなんやったら勉強できやん」

「わじょは、そんなに勉強好きやったか？」

それまでずっと黙っていた哲夫が口を開いた。

源太が哲夫を睨んだ。

「わじょら、山で遊んでばっかおる猿やろ」

今度は哲夫の子分である松市がからかうように言った。

「なんやと？　もっぺん言うてみぃ！」

源太が弾かれたように席を立つと、哲夫と松市も負けじと立ち上がった。

哲夫の取り巻きが後に続くと、反射的に源太の子分である武一も立ち上がった。哲夫につかみかかろうとする源太を、小津が止めた。

「止めィ！」

小津の大音声が響いた。

次の瞬間、その声が「あッ！」という甲高い声に変わった。その変わりように、みんなが小津を凝視した。異変に気づいた子どもたちから今度は「うわぁ！」という悲鳴が上った。

赤ん坊の小便で小津の尻辺りがべったりと濡れ、雫が足元に垂れていた。

校長室からクマヒゲがヌッと廊下に首を出すと、教員室からもロマンが顔を出し、互いに目が合い、首を傾げ合った。


小津が校長室で、着物にズボンという奇妙な格好で立っている。

その前にクマヒゲが渋い顔で座り、傍らではロマンが神妙な顔で控えている。

「ちょっと説明してくれるか」

クマヒゲが憮然と言った。

「あの子は和助の一番下の弟です」小津が答えた。

「いや、その説明やのうて、なんで子守りしながら授業やっとったのか、訊いとるんや」

「その説明ですか」

「当たり前やろ」

「和助の母親が体調悪い言うんで、一緒に連れてきたんです。泣き止まんでしゃあないから、おんぶしながら授業しとったら――」

「こうなった言うわけか?」

クマヒゲは、小津のズボンに目をやった。

「はい」

「おーづ先生、これはしゃあないで済む話やないぞ」

「そうですか」

「そうや、学校は子守りするとこやない。今後は赤ん坊を連れてきたら帰らせるように」

「せやけど、帰らしたら和助は授業が受けられんようになります」

「赤ん坊連れてきたら、他の子どもの迷惑んなるやろ」

「毎回というわけやないんで、大目にみてやったらどうでしょう?」

「学校は規律が第一や」

「規律も大事ですが、なんでも杓子定規に決めてしもてええんでしょうか」

「ええんや。杓子定規に決めてこそ規律は保たれる」

「それやったら、教師はまるで機械仕掛けやないですか」

「それのどこが悪いんや。子どもによっていちいち対応を変えとったら、収拾つかんようになるやろ」

クマヒゲは少しムキになった。

「臨機応変も教師の知恵やないですか」

小津は食い下がった。

「ほんなら、もし他の子どもも同じように赤ん坊連れてきたらなっとする？　それが何人も増えたらなっとする？　それもまた認めるつもりか」

「話をそこまで広げんでもええでしょ」

「広げとるわけやない。そうなったらどないすると訊いとるんや」

「あの、おーづ先生――」

助け船を出すかのようにロマンが口を開いた。

「先生のお気持ちも分からないではないですが、こういうことを一つ認めるとキリがないですからね。特に悪童たちは、俺も同じことやってやろうと悪だくみを考えるに決まっていますから」

「僕はそうは思いませんけど」

「先生はこの学校に来てまだ日が浅いですからね――」

ロマンは薄笑いを浮かべた。

「わしは若い君に期待しとるんやで。一年目からあんまり問題は起こさんといてくれ」

落ち着きを取り戻したクマヒゲが言った。

小津は軽くため息をつくと、外に目をやった。

校長室の窓から、校庭の木に紐で吊るした小津の袴と洗いざらしのおむつが仲良く風になびいているのが見えた。


宮前村に来て一週間目のこと。

学校の仕事が終わって、小津が下宿の二階に上がろうとすると、奥から才次郎が現れた。

「お帰んなさい。おーづ先生、これ、手紙が来とったに」

小津は礼を言って手紙を受け取ると、階段を上りながら封を切って、便箋を取り出した。部屋に入ると、封筒を座卓にポンと置き、便箋を広げゴロリと寝転んだ。座卓に置かれた封筒の差出人のところには、あさゑの名が書かれていた。

小津は手紙を読んだ。

何度か読み返しているうちになにやら心地よくなり、小一時間ほどうたた寝をしてしまった。

八畳間に、気のよい春の名残の風がそよいで、軒に吊るされた風鈴がちりんと鳴った。

それ以外、時が止まったかのような、妙に静かな夕暮れ時だった。


その夜、七時から小津の歓迎会が開かれた。

角屋旅館の一階の屋根瓦を猫が歩いている。

二階大広間の障子からは柔らかな灯りが漏れ、名調子の声が聞こえてくる。

猫は足を止め、声のほうに顔を向けた。声の主はクマヒゲだ。

宴には、長老然とした村長が上座に陣取り、その隣に小津が座っている。

周りには他の教師や役場の関係者が並び、クマヒゲが上座の左端に立って挨拶をしている。

「え～、我が宮前村は伊勢湾に注ぐ櫛田川の上流にあり、大台山系に連なる山懐の宿場町として長く栄えてまいりました。さらに村長のご尽力によりまして、今年から電報も打てるようになり、今新たな繁栄期を迎えようとしておりますッ」

宮前郵便局が電報を扱うようになったのはちょうど小津が着任した年からで、それまではモールス信号を使っていた。

クマヒゲの話がまだ続く。

「我が宮前尋常小学校の児童も、この繁栄と共に増えてまいりまして、そのため教師が慢性的に不足しておりました。そこでこのたび晴れて、おーづ安二郎先生が当地にご着任されることになりました」

膳に置かれた刺身が色あせている。

挨拶はまだ終わりそうにない。小津が漫然と聴いている。

どうして校長の話というものはいつもこう長いのだろう。長いうえに話が面白くない。だからすぐに眠くなる。

小津は、中学時代の校長の話が長くて閉口したことを思い出していた。

隣に座った村長は、すでに別の会合で呑んできた様子で、禿頭を右に左にゆらゆらさせ、すでに出来上がっていた。

「おーづ先生におかれましてはァ、どうかこの地にしっかりと根を下ろし、本校のさらなる発展のためにご尽力いただき、宮前村にその人ありと言われるようなァ、教師になっていただけることをォ、切に願っておりますッ。それでは誠に手短ではございますが、開宴のご挨拶とさせていただきます」

パラパラと乾いた拍手が起きた。クマヒゲの挨拶だけで、すでに十分が過ぎていた。

「ではさっそく、村長より乾杯の音頭を賜りたいと存じます、村長、よろしゅうお願い致します」

村長の反応がない。

「村長」

クマヒゲがもう一度声をかけた。

「ん?」

うたた寝から覚めた村長が、充血した目でクマヒゲを見た。

「乾杯の音頭をお願い致します」

「……乾杯の音頭？」

まだ半分夢の中のようだ。

「はい」

「うむ……」

村長は、近くに座った助役に支えられて立ち上がった。

恭しく（うやうや）お猪口（ちょこ）を掲げると、

「ではァ、宮前尋常小学校のォ、ますますの発展とォ、七人目のォ、着任を祝してェ～」

「恐れ入ります村長、八人目でございます」

クマヒゲが小声で口をはさんだ。

「八人目？」

「はい。わたくしを入れまして八人でございます、恐縮です」

クマヒゲが繰り返した。

村長は人はいいが、酒が入るといつもこうなる。

村長は赤ら顔でクマヒゲの顔をまじまじと見つめると、突然、「よし！」と声を上げた。

なにがよしなのかよく分からないが、彼はお猪口を高々と挙げると、

「では八人目のォ、着任を祝してェ、乾杯ィ！」

ようやくみんなで乾杯となった。

村長はお猪口を口にしたところでバランスを崩し、小津にもたれかかった。役場の者たちが一斉に駆け寄ったが、酒が小津の膝に零れて、段取りの悪い開宴となった。

待ちかねたように、そこここで歓談が始まった。

コナベがさっそく徳利を持って小津の前にやってきた。

「御免なして。まずはご一献！」

手慣れた様子で小津のお猪口に酒を注いだ。

「先生のご実家って、松阪のどこら辺りなん？」

コナベが興味深そうに尋ねた。

「愛宕町です」

小津は酒を傾けながら言った。

「愛宕町って、ひょっとしてあの肥料問屋の小津商店がご実家やの？」

「ええ」

「へぇ……なんでそんなお家の人がこんな田舎の学校に来たん？」

「他にやる仕事がなかったから」

「よう言うわ、小津商店みたいな大店やったら、どこでも働けるし」コナベは親しげな口のきき方をした。そしてすぐに甘えた声になった。「ご返杯いただけます？」

小津から返杯を受けると、コナベはグイッと一気に呑み干した。

「ああ、うま」

コナベは早いピッチで何度か小津と酒を酌み交わすと、すっかり頬が赤くなった。しばらく腰を据えて呑むつもりだったが、後ろから声がかかった。

「渡辺先生、後ろがつかえているよ」

コナベの後ろに徳利を持ったロマンが立っていた。

「あァ、ごめんなさい」

コナベは徳利を持って席を立つと、「ちょっと回ってきます」と言って、別の席に向かった。入れ替わるように、ロマンが小津の前で胡坐(あぐら)をかいた。

「先生とは、一度ゆっくり東京の話でもしながら盛り上がりたいものですな。こんな田舎の教師相手に話をしていても張り合いがなくてね……」

「僕も九歳まで深川にいただけやから、たいして東京のことは知りませんわ」

「いやいや、東京に九年も暮らせば充分です……それにしても東京はますます魅力的になってきましたねェ、そうでしょ？」

「そうですかね」

小津が気のない返事をした。

「そうですよ」

ロマンはそう言って小津に酌をした。どこか陶然とした目をしている。東京の話をし始めるといつもこうなる。

一九二〇年代に入ると、東京では洋風のライフスタイルが一般の人々にも浸透し始めた。それにともなってファッションも風俗も宣伝も、これまで見られなかった洗練されたものが登場し、世間の注目を集めるようになった。

モダンボーイ、モダンガール、通称「モボ・モガ」と呼ばれる若者たちが銀座などを闊歩するようになったのもこの頃だ。

考えてみればこうした若者たちは、みな明治生まれの日本人である。大正時代に起こったハイセンスなファッションは、今見てもまったく色あせないが、この時代の大人たちはさぞや驚いたことだろう。

寿屋、現在のサントリーが、「モボ・モガ」の流行に乗るように赤玉ポートワインのポスターとして日本初のヌード広告を発表したのも、ちょうど小津が宮前村にやってきた年だった。

ロマンはこうした記事を新聞で見るたび、胸の奥にしまい込んでいたはずの東京への憧憬が疼くのだった。

「で、おーづ先生は将来どうされるつもりなんです?」

「将来?」

「ええ、いつか東京に戻りたいという気持ちはあるんですか？」

ロマンは探りを入れるような目つきをした。

「先のことは分かりません」

小津は素っ気なく答えた。

「そうですか」

「ええ」

「私はね、校長がおっしゃったように、先生にはずっとこの村に居てもらいたいと思っているんです。お互い東京を知る仲間としてね」

ロマンは、勝手に小津が自分と同じ趣味趣向の持ち主だと決めつけているようだった。

ひとしきり東京の話をすると、ロマンは満足したように席を立った。

その後、入れ替わり立ち替わり次々と乾杯、返杯が繰り返され、あっという間に小一時間が過ぎた。気が付けば、村長と役場の関係者はすでに退席していて、教師だけで好き勝手に盛り上がっている。

コナベに酌をしてもらってご機嫌のクマヒゲがいるかと思えば、向かい側から、もう校長には呑ますなと、コナベに目配せしているロマンがいた。オッサンは旅館の女将を相手に呑んでいるし、ヒョウタンは一人、手酌で呑んでいる。座布団を枕に寝入っている教師もいた。意外なのはジュンサだった。上半身裸になり腹踊りをやっている。職員室では不愛想だが、酒が入ると豹変するようだ。

小津は、そんな職場仲間をぼんやり眺めながら、今日あさゑから届いた手紙を思い出していた。

——安二郎様、

少しは落ち着きましたか。
立派な校長先生や職場の諸先輩に囲まれ、
さぞ仕事に励んでおられることでしょう。
宮前村はずいぶんと田舎ですから、
生徒たちはみな素朴で素直な、
可愛い子どもたちばかりなのでしょうね。
教師は人を育てる立派な仕事です。
そのためにはまず自分自身が立派な人間になるよう、精進しなくてはなりません。
校長先生や教頭先生の忠告に素直に耳を傾け、
真面目に精進し、
感謝を忘れず、
礼節を尊び、
争いを避け、

酒色に溺れず、
嗜(たしな)みは矩(のり)をこえず、
なにより御身患はぬよう、
聖職の正道を進んでいかれることを、
母は願ってゐます――

小津の目の前では、コナベがクマヒゲにしなだれかかるように酌をしていた。

屏風の前では、相変わらずジュンサが腹踊りをやりながら大声で歌っている。

「おい」

と呼ばれて、小津は我に返った。

隣を見ると、オッサンが胡坐をかいていた。

「校長とやり合(お)うたんやて？」

「別にやり合うたわけないです」

なにがそんなに嬉しいのか、オッサンがニヤニヤしている。

「どや、場所変えて呑み直そか？」

「まだ歓迎会が終わらんし……」

「どうせいつもグデングデンになって三三五五に解散やで、気にすることないて。ほら行くに」

「行くって、どこへ？」

オッサンはかまわず、小津の二の腕を引っ張るようにして立ち上がった。


小津が連れて行かれたところは、オッサンの自宅である恵宝寺の本堂だった。

鎮座している本尊は、小ぶりな木造の阿弥陀如来坐像で、右肩を肩脱ぎにし、左側のみを覆う、いわゆる偏袒右肩（へんたんうけん）の姿で、両手をへその下で重ね、定印（じょういん）を結んでいる。

小津が胡坐をかいて待っていると、すぐにオッサンが一升瓶と湯飲みを持って現れた。

「美味い酒があるんさ」

おそらく檀家からもらった酒だろう。オッサンは小津の前に胡坐をかいて、酒を注いだ。

「坊さんがご本尊の前で酒盛りか……」

小津が少し呆れたように言った。

「生臭（なまぐさ）教師は生臭坊主でもある」

「自分で言ってたら世話ない」

小津が苦笑した。

「いつもこうなんやに」そう言いながら、奥からオッサンの母親がつまみを持って現れた。「終いには罰（ばち）が当たるに」

「ここが一番広いから気持ちがええんや」

オッサンは自分の湯飲みに酒を注ぎながら言った。

「お邪魔してます」

小津が挨拶すると、母親も愛想よく会釈した。六十代前後の、いかにもお庫裏(くり)さんらしい風格のある女性だった。

「あァ、今度新しく小学校に着任したおーづ先生や」

「無理やり連れてこられたんやろ?」母親はオッサンを睨むように言った。「この子は職場に友達がおらへんで、仲ようしたってえな」

小津は曖昧に微笑んだ。

「いらんこと言わんでええ」

「こんな調子やから、いつまで経っても嫁の来手(きて)がないんさ」

母親が嘆いた。

「ええから、二人だけにしといてくれ、ほらシッシや」

手を振って追い払おうとすると、母親は「うちは猫やない」と捨て台詞を残して、奥へ戻った。

オッサンの父親は数年前に脳溢血で他界したため、彼がその後を継いだわけだが、母親の目下(もっか)の心配は我が息子の結婚だった。

これまで何度か見合い話もあったようだが、なかなか決まらず母親をやきもきさせている。

「改めて乾杯」

オッサンは上機嫌に戻って盃を傾けると、小津もそれに続いた。

勧めるだけあって美味い酒だった。オッサンは再び小津の湯飲みに酒を注ぐと、瞑目しながらお経のように唱え始めた。

「生まるれば遂にも死ぬるものにあれば、この世なる間は楽しくをあらな……」

「気分は大伴旅人やいうことですか」

「そや、どうせもれなく死ぬ、そやから生きているうちは何事も楽しまんと。お釈迦さんもそう諭しとる」

「ほんまに？」

「直接聞いたわけやないけど」

オッサンはニヤリとした。

彼も小津に負けないほどの呑兵衛だった。

オッサンは酔うほどに饒舌となり、職場仲間のことを問わず語りに話し始めた。

クマヒゲはいずれ村会議員に立候補するだの、ロマンは松阪の色街に入り浸っているスケベだの、教師のコナベとジュンサはデキているだの、小さな職場だが下世話な話題には事欠かないようだ。

オッサンは、口は悪いが下衆ではない。

小津は、ヒョウタンとはまた違った親しみを彼に感じていた。

子どもたちがつけた教師のあだ名を教えてもらったのも、このときだった。中でもクマヒゲとロマンは、なるほどうまくつけたものだと感心した。

小津も中学時代には、友達と教師にあだ名をつけたことを思い出した。

「虎」に「こま犬」、「烏」に「白熊」、博物の教師は背が低く、のそりとしていることからサラマンダー（サンショウウオ）と呼んでいた。職員室に水族館と動物園が同居しているようだ。

「さあ、おーづ先生は子どもらになんて呼ばれるんやろ、楽しみや……」

オッサンは酩酊（めいてい）した顔を、何度も撫で回しながら言った。

結論から言えば、子どもたちは小津にはあだ名をつけずに終わっている。

不思議なことに子どもたちは小津が小学校を去るまで、おーづせんせいと呼び続けた。

オッサンは毎晩のように晩酌しているが、普段は母親にたしなめられ心置きなく呑むことができない。しかし仲間を連れてきた夜は特別だ、と少なくとも本人はそう思っている。気が付けば一升瓶が空になっていた。これでお開きかと思ったら、オッサンが立ち上がった。

「そやそや、まだ美味い酒があるんさ」

先ほどと同じことを繰り返すと、千鳥足で本堂を出ていった。

小津は、オッサンが結婚できない理由が分かったような気がした。

「でしょ？」

と本堂の阿弥陀如来が少し苦笑したかのように見えた。

翌朝、小津は寝坊をした。

その日は朝から小雨が降っていたため、いつもの「朝会」は中止だった。職員室で教師たちが一時間目の準備をしている。教頭席に座ったロマンが首を伸ばして小津の席を見た。

「おーづ先生はまだですか？」

「はい」

小津の隣の席に座っているコナベが答えた。

ヒョウタンたちは訝しげな表情を浮かべたが、オッサンだけは素知らぬ顔で、おおかた二日酔いで寝入っているのだろうと、自分も酒が残った頭を押さえながら想像した。

「誰か心当たりの先生はいませんか」ロマンが尋ねた。

「あッ！」

突然、オッサンが思い出したように大仰に手を打った。

「どうしました？」

ロマンがオッサンを見た。

「そういうたら――」

「なんです？」

「おーづ先生、便所で唸っとったような」

オッサンはもっともらしい顔をつくったが、もちろん口から出まかせに過ぎない。

「え？　おーづ先生は便所にいるんですか？」

ロマンが再び尋ねた。

「ええ」

「本当に？」

「たぶん」

「たぶんってなんです、見てないんですか？」

「教頭」

「なんです」

「普通、大便中の人間と直接顔を見合わすことはないでしょう」

「そりゃ、まあそうですけど、じゃあ見たわけじゃないんですね？」

「見たわけやないけど、あの唸り声はおーづ先生に間違いない思いますわ」

「おーづ先生、腹の調子が悪いんやろか？」

ヒョウタンが心配そうに言った。

「かもしれんなぁ……」

オッサンが神妙な顔をつくって腕を組んだ。

「ということは、まだ便所にいるんですね？」ロマンが言った。

「ええ、あの気張りようやったら時間がかかる思います」

「東便所ですか、西便所ですか?」

「西便所です」

ロマンは席を立った。

「あ、いや、東便所やったかな?」

「どちらなんです」

ロマンがいらついた。

「どちらやったかな」

オッサンは首をひねった。

「もういいですッ」

ロマンは職員室を出ていった。

同じ頃、校庭から校長室を覗き込むように、傘を差した女が立っていた。

「まだ出勤しとらん?」

校長室の窓から首を出したクマヒゲが言った。

「今度の新しい先生、まだ来てないはずや。確認してみぃ」

窓の向こう側からそう言ったのは、クマヒゲの女房だった。下宿屋の才次郎が言った通り、女房は教師の出勤を見張っていた。

クマヒゲは日課にしている教室の巡回を始めた。

まだ小津が出勤してないという噂は、いつの間にか五年男組の子どもたちにも伝わった。教室の中には必ず一人はこうした異変に敏いのがいて、どこからか噂を聞きつけてくる。

五年男組の教室がざわつく中、和助が窓から飛び出した。

突然のことでみんな驚いたが、彼が走っていく後ろ姿を窓から顔を出して見つめた。

和助は裸足で路地伝いに学校裏に駆けていくと、小津の下宿先に上がり込んだ。

案の定、小津は部屋でまだ熟睡していた。

「おーづせんせい起きて！　もう朝やに！　おーづせんせい！」

和助は必死になって、小津の身体を揺すった。

「……ん？」

ようやく小津が目を覚ました。

「もう一時間目が始まるに！」

和助が声をかけた。

小津は和助の声に飛び起きた。急いで袴を穿いたがどうも具合が悪い。

「せんせい、袴反対や！」

「かまわんッ」

小津は袴の紐を結びつつ、そのまま部屋を飛び出した。

その頃、西便所ではロマンが一つひとつノックし、反応がないと扉を開けていた。

「おーづ先生？」

もちろん小津がいるわけがない。

ロマンは東便所に向かった。

いっぽう、クマヒゲが廊下の奥からのっしのっしと歩いてくる。愉快な顔ではない。

彼は五年男組の前で足を止めると、息を吸い込んで教室の引き戸を開いた。

小津が何事もなかったように教壇に立っていた。

「どうかしました？」

小津が訊いた。

「あ、いや……」

クマヒゲがキツネにつままれたような顔になった。

その顔を見て、哲夫たちがくすくす笑っている
子守りのときに救ってくれた、和助なりの恩返しだった。

結局、クマヒゲからは腹痛には陀羅尼助がいいと勧められたこと以外、さしたるお咎(とが)めはなかった。

「定吉、わじょは本返したんか？」

放課後、源太と武一が、椅子に座った定吉につめ寄った。

「今日、返すつもりや」

定吉がボソリと呟いた。

「すぐ返せ、わいが見てるとこで返せ」源太が迫った。

「そや、今すぐ返せ」

武一も調子に乗って責め立てた。

定吉は答えなかった。

「なんで黙っとんのや。できやんのやったらわいが返したろか」

源太が定吉に顔を近づけた。

「ええわ。わいが返す」

観念したように定吉は席を立つと、雑嚢から『日本少年』を取り出して、哲夫の席に向かった。

定吉の後ろ姿を、源太と武一がじっと見ていた。

気配に気づいた哲夫が、横に立っている定吉を見た。

「なっとしたんや?」哲夫が言った。

「借りた本、返すわ……おおきんな」

声に力がない。

定吉は本を手渡した。

哲夫は受け取った本を見るなり、定吉を睨みつけた。

「ごめん……」

定吉は消え入りそうな声で言った。

「なんや、ボロボロになっとるやんか！」

哲夫の周りにいた取り巻きが、折れ曲がった『日本少年』を見て騒ぎだした。

「ホンマや！　なんやこれ！」

「これ哲っちゃんの大事な本やのに、なにやっとんねん！」

「弁償せえや！」

松市が定吉に詰め寄った。

「そや、弁償や弁償や！　弁償せえ！」

定吉を囲んだ子どもたちが叫び始めた。

定吉はうなだれたまま動かなかった。鼻の奥がツンとなった。

「かそわしい！」

哲夫がやかましいと声を上げると、みんな押し黙った。

哲夫は何事もなかったかのように『日本少年』を雑嚢に入れると、取り巻きを連れて教室を出ていった。

定吉はその場に立ったまま動かなかった。

源太はその様子を黙って見ていたが、

「行くぞ」

武一に声をかけた。

「定吉は？」

武一が訊いた。

「放っとけ」

自分で仕掛けておきながら後味が悪いのか、源太は足早に教室を出ていった。

第四章　初恋

小学校に勤め出してから半月ほど経った頃、柳行李に詰め込んでいた煙草がとうとう底をついたため、小津は近所の煙草屋に立ち寄った。

ちなみに小津はこのとき満年齢で十八歳。未成年者の喫煙は当時も禁止されていたが、明治三十三年（一九〇〇）に施行された未成年者喫煙禁止法では、未成年者は十八歳未満と定められている。二十歳未満に変更されたのは昭和二十二年（一九四七）のことで、つまり小津がこのとき煙草を吸っていても法を犯していたわけではない。

もっとも小津の愛煙家ぶりは年季が入っていて、学生時代から仲間と吸っていたともいわれている。

「すみません」

小津は「千代店」と小さな看板が掛かった煙草屋の前まで来ると、店の者を呼んだ。

人の気配がない。

「あの、すみません」

小津は小窓から中を窺うように、もう一度声をかけた。

少し間があって、奥から駆けてくる足音が響いてきた。

「ごめんなさい、ちょっと奥におって聞こえやんで――」

一人の娘が小窓の前に現れた。

涼しげな面立ちの、キリッとした美しい眉毛が印象的な娘だった。

「なんにしましょう？」

小津は黙って娘の顔を見つめた。

「あの……」

娘は繰り返した。

「はい？」

小津は夢から覚めたように答えた。

「煙草の銘柄は？」

「え？　あァ、えっと、エアーシップを……」

明治四十三年に発売されたエアーシップは小津のお気に入りで、当時のロングセラーだった。パッケージには青い空と雪を被った山脈を背景に、飛行船や飛行機が舞うイラストが描かれている。

そう、このパッケージに描かれた飛行船のように、小津の心は今まさに空高く舞い上がるようだった。小津は上の空でガマ口から金を出したせいで、六十銭が地面で賑やかな音をたてた。

小銭がコロコロとあらぬ方向に転がっていく。

慌てて拾うと、娘も店から出てきて一緒に拾ってくれた。

小津は娘と間近で向き合った。

「おおきに……」

小津は恐縮するように、拾い集めた金で改めて娘に支払うと、軽く会釈して立ち去ろうとした。

「あの……」

娘が呼び止めた。

「はい？」

「煙草を――」

小津は肝心の煙草を取り忘れた。

きまり悪そうに煙草を受け取ると、ちょうど村一帯を覆うような音が鳴り響いた。村に着いたときから小津はこの音を聞いていたはずだが、これまで特に気を留めることはなかった。

「井上さんとこの汽笛です」

娘が教えてくれた。

「汽笛？」

「はい、六時になると汽笛を鳴らして、山仕さんたちに終わりの時間を知らせるんです。この村には山仕さんがようけ居るで」

井上さんとは、この村で林業を営んでいる大手材木商のことである。

こうした材木商は自分が買った山を管理するため、山仕たちに山林の下刈りなどを任せている。木が真っすぐ伸びるようにするため、彼らは木に登って枝をはらい、木々の間に間隔をつくるようにする。風通しを良くして陽を当てないと、大きく育たないからだ。

山仕たちは、朝、山に入ると夕方まで下りてこない。

正午と夕方六時前の毎日二回、井上の木材置き場に置かれた大きな缶の中に廃材が放り込まれ、火が焚（た）かれる。その上には水筒缶が設置され、屋根までのびている。

やがて水が熱せられると水蒸気によって汽笛が鳴る仕組みになっている。

山仕たちはこの汽笛を聞いて終了の時間を知り、山から下りてくるのだ。

のちに小津は、友人奥山に宛てた手紙の中に、情感を込め書き残している。

〈井上の気笛（ママ）が六時を〆すといつとはなしに夕闇に
這い上つて来て茶畑を包む。〉

娘からひと通り話を聞くと、妙な空気の中で二人とも黙り込んでしまった。

小津は会釈すると、下宿に帰っていった。

部屋に入ると、気持ちを落ち着かせようと先ほど買ったエアーシップを燻（くゆ）らせた。

何本か立て続けに吸ってみたが、いつもの味がしない。七時を過ぎても腹が減らない。食欲が湧かないことなどこれまで一度もなかった。仕方なく実家から持ってきたマンドリンをポロリと弾いてみたが、すぐに手が止まった。柱にもたれかかって宙に目をやった。煙草屋の店先で微笑んでいる娘の、あの涼しげな面立ちと美しい眉毛が小津の脳裏から離れなかった。

どうしたことだろう。

ひと目見て心が奪われることなど、今まで一度もなかったはずなのに。もちろん、これまでにも好意を持った女性はいた。しかしそれは外国映画に登場するスターであり、宝塚歌劇団の女優だった。つまり憧れに過ぎなかった。

小津は初めて恋をした。

恋について小津が書き残した日記は多くはない。しかし昭和八年の夏の日記には、こんな言葉が残されている。

〈恋とは人生を極めて小さく区切ぎる（ママ）ファインダーだ　シャッターをさう簡単に切ることをやめたまへ〉

小津にとって、この日の体験は忘れられないキネマの一コマだった。

娘の名は、いとゑと言った。

このとき十七歳。村一番の器量よしで、村の若い者たちからは煙草屋小町と呼ばれていた。

以来、小津は三日にあげず千代店に通うようになった。

「宮前にお住まいですか？」

小津の来店が馴染みとなったある日、いとゑはいつものようにエアーシップを手渡した後、さりげなく尋ねた。

これまで見たことのない男が、四月に入ってから週に三日はやってくるようになったのだ。気にならないわけがない。

小津が答えようとすると、後ろからオッサンの声がした。

「そや、今年度から宮前尋常小学校に赴任してきたおーづ先生や、ええ男やろ？　わしの次に」

小津が少し驚いたように振り返った。

オッサンは笑みを浮かべると、小津の横に並んだ。

「学校にお勤めやったんですか。それはそれはご苦労さまです」

いとゑは嬉しそうな顔を浮かべた。

「おーづせんせいは松阪から来たんさ」とオッサン。

「松阪……」

と言ったきり、いとゑは次の言葉が続かなかった。瞳が大きくなったようだった。

彼女はまだ一度も松阪に行ったことがなかった。当時の宮前村の人たちにとって、松阪はめったなことでは行けない都会だったのだ。

「なっとしたんや？」

オッサンが不思議そうに、いとゑに声をかけた。

「いえ……」

いとゑはさりげなく目を伏せた。

「いとちゃん、いつもの」オッサンが言った。

「はい」

オッサンは小津に声をかけた。「どうや、今度の日曜にアマゴでも釣りに行くか？」

「寺のお勤めはええんですか？」

「そやから俺は生臭坊主や言うとるやろ」

小津は苦笑した。「ほな行きましょ」

いとゑは手を止めて、二人のやりとりを聞いていた。その心地よい視線を、小津は密かに感じていた。

「いとちゃんも一緒にどうや？」オッサンが誘った。

「私は釣るより食べるほうがええし」

「またそんな色気ないこと言うて」

オッサンのこうしたからみ方は毎度のことで、いとゑは笑みを浮かべて軽く受け流した。

「おーづ先生もこの店によう来るんか？」オッサンが尋ねた。

「たまに」

週に三日はたまにではないだろう。

「そうなんや」

「谷岡先生も煙草、吸うんですか」

「わしの人生に酒と煙草は欠かせやん」

「煩悩(ぼんのう)まみれや」

小津は呆れるように言った。

「その通り」

オッサンは哄笑した。

「……ほんなら、お先に」

「次の日曜、空けといてや」

オッサンが声をかけた。

小津は二人に軽く会釈すると、その場から立ち去った。

「いとちゃん」

オッサンが声をかけたが反応がない。いとゑはまだ、小津が去ったほうを潤むような眼差しで見つめていた。

「いとちゃん、煙草ッ」

「あ、はいッ」

いとゑは慌てて煙草を手渡した。

オッサンは掌の煙草を見て、あきれ顔になった。「エアーシップ？　おれは胡蝶（こちょう）やで」

「え？　あァ、すんませんッ」

いとゑの顔が赤くなった。

オッサンは思わず吹き出した。


幸い日曜日は快晴だった。

櫛田川は宮前村に沿うように流れているため、魚を釣る場所には事欠かない。

大きな岩場から、碧（あお）く澄み切った水面にポチャンと釣り糸が投げ込まれた。

小津とオッサンとヒョウタンが岩場に腰を下ろして釣り糸を垂れている。小津は麻の単衣（ひとえ）着物に麦わら帽子を被り、桐の下駄を突っかけている。オッサンは年季の入った作務衣（さむえ）を着込み、ヒョウタンは大きめの白いシャツを無造作に羽織っている。三者三様だ。

「この川ではシラハヨがよう釣れる。この村の人間は気立てがええけど、ここの魚も気立てがええ。

そやからよう餌に喰いついてくれる」

　オッサンは言った。オイカワのことをこの辺りではシラハヨと呼んでいる。佃煮もいいが、天ぷらにすると美味い魚だ。

「鮎を釣るにはまだひと月ほど早いけど、今の季節なら生きのええアマゴがよう釣れる。渓流釣りというたらやっぱりアマゴやな」

　オッサンの講釈が続く。

「去年、谷岡先生に奢(おご)ってもうたアマゴの甘露煮は美味かったです」ヒョウタンが言った。

「ああ、角屋旅館の甘露煮な。今度は三人で行こか」

「はい。おーづ先生、角屋旅館の甘露煮は美味いんさ」

　ヒョウタンが小津に話を振った。

「へぇ……」

　小津は気のない返事をした。

「アマゴの甘露煮、嫌いなん？」

　ヒョウタンが気を遣うように訊いた。

「いや、好きです」

　とは言いながら、小津はどこか上の空だ。

　そんな小津を横目で見ながら、オッサンが微苦笑している。

薫るような五月終いの風が、檜の微香とともに櫛田川の水面を滑ってくる。

小津は相変わらずぼんやりと竿の先を見つめている。いとゑのことが頭から離れない。

「おい、当たりが来とるで」

オッサンが言った。

「え？」

ヒョウタンが答えた。

「違う、おーづ先生や」

小津は急いで竿を引いたが間に合わなかった。

「逃げられてしもたな……」オッサンが苦笑した。「ぼんやりしとったら、アマゴだけやのうて彼女にも逃げられてまうに」

「なんの話です？」

興味深そうにヒョウタンが尋ねた。

「おーづ先生に訊いてみたらどうや？」とオッサン。

「なっとしたんですか？」

「さあ」

小津がとぼける。

「僕にも教えておくんない」

ヒョウタンが食い下がった。

「岡惚(おかぼ)れしたのは私が先よ、手出ししたのは〜主(ぬし)が先」オッサンが下手な都々逸(どどいつ)を唸った。「ちゅうこちゃな」

「言うてることが、ますます分からんなあ……」

ヒョウタンが首をひねった。

「今に分かる」嬉しそうな顔をしてオッサンが言った。「ま、せやけど日曜に男三人がそろうて釣りとは情けない」

「先生が誘うたんやん」

小津が言い返した。

「綺麗な女性がここにおったら、もっと楽しいと思わんか？」

「男三人で釣りも、ええやないですか」

ヒョウタンが真面目に応える。

「君なァ、そんなこと言うとったらいつまで経っても独身やぞ」

「年の順から言うたら先生が先とちゃいますか」

「そんなこと律儀に守ってもらわんでもええ。お先にどうぞ」

「先生は結婚するつもりはあらへんのですか？」

ヒョウタンが訊いた。

「もちろんある」

「ほな、なんで結婚せえへんのです？」

「それは、わしがこれまで見合いした相手に訊いておくんない」

小津が思わず頬を緩ませた。

「わしのことより、君は誰か好きな人おらんのか？」

「おります」

ヒョウタンはあっさり白状した。

「なっとな？　おるんか。誰や？」

「内緒です」

「もったいぶらんでもええやろ」

「僕には高嶺（たかね）の花やから、憧れているだけで充分なんです」

「高嶺の花？」

オッサンが素（す）っ頓狂（とんきょう）な声を出した。

「はい」

「誰や？」

「そやから内緒です」

「この村におる女か？」

「ええ」

「まさか煙草屋小町やないやろな？」

「違います」

「他にこの村に高嶺の花みたいな人おるか？」

オッサンは首をひねった。

「おります」

ヒョウタンはきっぱりと言った。

「ますます知りとなってきたな」

「今は僕の心に秘めとるだけでええです」

「あかんで、それでは」

「なんでですか？」

「なんでて、心に秘めとるだけやったら相手に伝わらんやろ」

「ほんでもお互いの態度見とったら、いつか気づくと思います」

「なに悠長なこと言うとるんや、思とんやったらきちんと口に出さなあかんやろ。なあ、おーづ先生」

オッサンは小津に意味深な振り方をした。小津は受け流すようにわずかに笑みを浮かべた。

「そんなに分かっとるんやったら、谷岡先生はなんで上手いこといかへんのです？」

「人のことは分かるけど、自分のことは分からんもんや」

とオッサンが開き直ったところで、彼の釣り竿に突然引きが来た。

「おっと、わしに惚れるのはアマゴだけか、さあ来い！」

川面にアマゴの魚影が現れた。

「よっしゃ！」

オッサンがグッと釣竿を引いた。ピシャっと水を打つ音がしたかと思ったら、釣り糸だけが水面から飛び出した。

「女子（おなご）だけやのうて、アマゴにも逃げられてしもた」

オッサンが下手なシャレを言って嘆いた。

第五章

珍布峠の決闘

赤桶地区に住む定吉たちが最も楽しみにしているのが、毎年二回、水屋神社で行われる餅まきの神事である。この時代、宮前村ではまだ麦メシやサツマイモが食卓にのぼることが多く、子どもたちにとって餅がもらえるこの日は、なによりの楽しみだった。

四年生のときまでは昼間に分教場を抜け出しても午後の授業には間に合っていたが、本校に移ってからは水屋神社までけっこうな距離がある。さてどうしたものかと、定吉と武一は源太をはさんで思案顔になった。

「三人で早引けするのもヘンやしなぁ」

武一が口を開いた。

「なんもや。これまで通り黙って抜け出したらええ」

源太がこともなげに答えた。

「授業に間に合わへんだら、クマヒゲに怒られるに」

心配顔で言ったのは定吉だ。

この日、昼から修身の授業があり、担当は校長のクマヒゲだった。

「ふん、クマヒゲなんか恐（こわ）ないわ、わじょら嫌やったら来んでもええ、わいは一人でも行く」

椅子にふんぞり返るように座った源太が、二人をジロリと睨みつけると、武一と定吉がほぼ同時に、

「ほな、わいも行く」

「よっしゃ、決まりや」

源太が太々（ふてぶて）しい笑みを浮かべた。

源太たちは午前中の授業が終わるや否や、雑嚢を抱えて大急ぎで教室から飛び出した。

水屋神社は、春日大社より天児屋根命（あめのこやねのみこと）を奉斎したのを創始とする古い歴史を持ったお宮さんで、境内には「大クスさん」と呼ばれる楠（くすのき）の巨木がそびえ立っている。赤桶地区に住む子どもたちにとっては慣れ親しんだ遊び場だった。

源太たちがやってくると、すでに餅まきは始まっていた。

正殿前で禰宜（ねぎ）や氏子たちが餅をまくと、その餅をつかもうと村人たちから賑やかな声が上がった。

源太たちは、急いでその人混みをかき分けると必死になって餅を取り始めた。毎年のことで手慣れたものだ。まかれた餅に器用に飛びついて、肩に掛けた布製の雑嚢に次々としまい込むと、あっという間に膨れ上がった。

「わじょら、ええかげんにせえ」

近くにいた氏子の一人がたしなめた。

その声を潮時とばかりに源太が神社から飛び出していくと、慌てて武一と定吉が後を追いかけた。


源太たちは、どうにか午後の授業に間に合った。

定吉は、餅で膨れ上がった雑嚢を幸せそうに抱え込んだ。

ところが席に戻ると、前に座った松市が待ちかまえていたかのようにからんできた。

「わじょら、勝手に学校抜け出したやろ」

定吉は押し黙った。

「校則違反とちゃうんか」

松市がねちっこく責め立てる。

分教場にいた頃は、源太たちが好き勝手にやっても誰も文句は言わなかった。しかし宮前尋常小学校に移ってからは、本校組たちが同じ教室にいる。彼らだって餅は欲しいに決まっている。本校組は我慢しているのに、源太たちだけが勝手に学校を抜け出して餅を手に入れたのだから面白いわけがない。

「どんだけ餅入っとんのや、ちょっと見してみい」

松市が凄んだ。

定吉が答えずにいると、突然松市の背後から声がした。

「わじょは関係ないんじゃ」

いつの間にか、源太が松市の後ろに立っていた。

松市は、今度は源太を茶化し始めた。

「わじょらそんなに餅が珍しいんかぁ？　食うたことあらへんのかぁ？」

次の瞬間、源太のゲンコツがいきなり松市の頬に飛んだ。

松市がうめき声を上げてうずくまった。

定吉はびっくりして席を立ち、思わず二人から離れた。

「なにしとんや！」

松市の仲間の一人が叫ぶと、すぐに本校組が集まってきた。

武一が身構えるように源太の元へ駆け寄ると、二人は本校組に取り囲まれた。

「こいつがしょうもないこと言うからじゃ！」

源太が息巻いた。

人垣が左右に割れると、奥のほうから哲夫が現れた。

哲夫は源太をじっと睨みつけたまま前に立つと、いきなり源太の胸倉を摑んだ。

源太も哲夫の胸倉を摑み返した。

「わいの仲間に手ぇ出したな」

哲夫が凄んだ。

ようやく哲ちゃんが源太をどつき倒してくれる。本校組の仲間たちは、みんなこの日を待っていたかのように顔を紅潮させた。

武一は本校組を睨み返し、定吉は少し離れたところでおろおろするばかりだった。

先ほどから武一が、おれたちに加勢しろとばかり定吉に目配せしていたが、そ知らぬ顔で彼に目を合わせなかった。松市の言い草は気に食わないが、かといっていきなり殴るのもどうかしていると定吉は思った。だからこんな大ごとになってしまうのだと、源太を恨めしげに見た。

源太と哲夫が胸倉を摑み合ったまま動かない。

互いに力を入れて押し合っているのが分かる。

そのとき、廊下で五時間目の授業が始まる鐘が鳴った。

「クマヒゲが来るに」定吉が勇気をふりしぼって言うと、

「ホンマ、ごうわくヤツやの！」

源太が、腹の立つヤツだと怒りながらも、哲夫の胸倉から手を離した。

「放課後、珍布峠（めずらしとうげ）で待っとれ」

哲夫がそう言い捨てると、自分の席に戻っていった。

五年生で教室が合同になって以来、本校組と赤桶地区から来た源太たちはずっといがみ合っていた。いずれ決着をつけるしかないと誰もが思っていたが、とうとうその日がやってきたのだ。

哲夫が決闘の場として指定した珍布峠は、人通りが少なく喧嘩をするには格好の場所だった。

クマヒゲが教室の扉を開いたときには、教室は何事もなかったかのように静まり返っていた。クマヒゲの退屈な授業は子どもたちの熱気を冷ますのにちょうどよかったが、放課後になると再び子どもたちがざわつきだした。

どこか高揚しているようだ。

いよいよ源太と哲夫が一戦を交えるのだ。興奮しないわけがない。

定吉以外、五年男子組の誰もが見たい対戦だった。もちろん、本校組は哲夫が勝つことを信じて疑わなかったし、武一は源太が勝つことを信じていた。

「わじょはなんで逃げたんや。わいがずっとお前のこと見とったん、知っとったやろ」

珍布峠に向かう道すがら、武一は、定吉が源太に加勢しなかったことを散々なじった。

珍布峠は、赤桶地区に住む源太たちにとっては通学路だった。

「急やったからびっくりして……」

定吉が小さな声で言い訳をした。

「フン、ほんまに情けないヤツやの」武一が吐き捨てるように言った。「裏切りもんが」

定吉は黙りこくった。

定吉にしてみれば源太や武一と違って、哲夫と仲が悪いわけではない。どうして自分が源太の味方をしなければいけないのかと不満だった。

確かに源太とは同じ地区に住む幼なじみで、昔から一緒に遊んではいたが、別に仲がいいわけではなく、源太が怖くて付き合っているに過ぎない。定吉はむしろ哲夫のほうが好きだった。哲夫は、読みたかった『日本少年』を貸してくれた。源太には言えないが、哲夫の仲間に入りたいくらいだった。

武一が定吉を責め立てている間、意外にも源太はずっと黙っていた。

源太にしてみれば、哲夫にいかにして勝つかということで、今は頭がいっぱいなのだろう。

彼らにとって喧嘩は日常茶飯事で、暗黙のルールがあった。

基本的に喧嘩は一対一が原則で、周りの者が手を出すことはなかった。武器を持つこともご法度だ。チャンバラごっこ以外、棒切れ一本持つことも卑怯者とされ、男として認められなかった。

この村の子どもたちは、腕っぷしだけで勝たなければならない。相手が戦意を失えばそれ以上、深追いはしない。しょっちゅう喧嘩しているため、自然と加減が身について大怪我にいたることはほとんどなかった。

彼らのこうした考え方は、おそらく父親の多くが山仕をしていることと無関係ではないだろう。

気性の荒い山仕も多くいたため、喧嘩も珍しくなかったが、山に入れば自然が相手である。自然は時に脅威となって人間に襲いかかる。事故に遭ったとき、互いに助け合わなければ命に関わる。そのとき頼りになるのは仕事仲間だけだ。相手に大怪我を負わせてしまえば、それは自分への災難としてはね返ってくる。そのことをよく分かっているのだ。

だから、みんな「ほど」をわきまえていた。親のこうした姿勢が子どもたちにも影響を与えていたのだろう。顔を腫らして家に帰ったところで、親が詮索することはなく、教師も問いただすことはなかった。

この時代、子どもたちは自分たちの世界だけでケリをつけていたのだ。

「源ちゃん、絶対、哲夫に負けんといてや」

武一は励ますつもりで声をかけたが、癇に障ったのか、源太は返事の代わりに武一の尻を一発蹴り上げた。

珍布峠はその昔、天照大神と天児屋根が珍しくもここでばったり出会ったことから、「めずらし峠」と呼ばれるようになったという伝説がある。

江戸時代には伊勢神宮への参宮道であり、紀州の大名が江戸と和歌山を行き来する街道でもあった。峠の頂には険しい山道をふさぐように切り立った岩が左右にそびえ立っている。大名行列が通るときには、近くの村々から人足を調達して、この峠を越えたといわれる難所だった。

源太たちが珍布峠に近づくと、後を追うようにたくさんの足音が聞こえてきた。哲夫たちだ。その足音が間近になると、定吉は自分が喧嘩するわけでもないのに、胸がドキドキしてきた。

峠に着くと、本校組の仲間は決闘の立会人のごとく、源太と哲夫を囲むように輪をつくった。もちろん哲夫の仲間が手出しするとは思わなかったが、十人近い哲夫の仲間たちに取り囲まれるのは、あまりいい気分ではなかった。

「来いや！」

源太が吼えた。

「おうッ」

哲夫が不敵に返した。

源太と哲夫が、珍布峠でじっと睨み合ったまま動かない。

この日は少し汗ばむほどの陽気だったが、峠には肌寒い空気が漂っていた。定吉は身震いした。しかし、彼が身震いしたのは寒さが理由ではない。彼にとってはどちらが勝っても嬉しくないこの闘いを、今から目撃しなければならない苦痛が身体を寒々とさせていたのだ。

それに反して松市は、自分が闘いの当事者のように、目を怒らせて源太を睨みつけていた。

源太がその視線を感じ、一瞬目をそらしたときだった。哲夫が、源太を目掛けていきなり身体ごと突進した。哲夫は五年男組の中で一番身体が大きい。哲夫の体当たりを食らった源太が勢いよく吹っ飛んだ。すかさず哲夫は馬乗りになり、源太の頬を容赦なく殴りつけた。源太も殴り返したが、上に乗られていて力が入らない。

二人とも声を上げることなく殴り合っている。

うめき声と、鉄拳が顔にめり込む鈍い音だけが峠に響いた。

本校組の誰もが興奮しているのが分かった。改めて哲夫の強さを思い知ったようだった。みんな固唾を呑んで、哲夫の闘いぶりを見つめていた。源太の鼻から血が噴き出した。

勝負はあったかに見えた。

ところが源太が哲夫の前腕を摑むと、自分の胸中に引っ張り込んだ。源太は哲夫に比べ身体は小さいが、幼い頃から親の山仕事の手伝いをしていたため並外れた腕力がある。源太がぐっと力を入れると、哲夫の体勢が崩れた。

次の瞬間、源太はひょいと身体を反転させ、哲夫の上になった。

「クソ！」

源太が腹いせとばかりに、すごい勢いで反撃し始めた。

今度は哲夫が劣勢になっている。彼の表情に一瞬恐怖が走った。

意外な展開に、本校組の仲間たちの顔色が変わった。

どちらが勝つか分からなくなってきた。

定吉は、殺気立った二人の形相を見ているうちに、この喧嘩が永遠に続くのではないかと恐ろしくなってきた。

と、そのとき——

どこからか大音声が響いた。

一瞬、雷が落ちたかと思った。

子どもたちはひっくり返らんばかりに驚いた。

源太と哲夫も、思わず手が止まった。

子どもたちがいっせいに、大音声のほうを振り返ると、峠道の奥に何者かが仁王立ちで立っていた。夕陽を背にしているため、シルエットしか見えない。

なにやら異様な佇まいだが、大音声を発した主だということは間違いなかった。

再び怒声が峠に鳴り響いた。吠(ほ)えているようだ。切り立った巨岩が揺れそうだった。

「天狗(てんぐ)や！」

恐怖のあまり誰かが叫んだ。

と同時に源太と哲夫を残して、蜘蛛(くも)の子を散らすようにみんなが逃げだした。

定吉は急ぐあまり、道のくぼみに足を取られてひっくり返った。

振り返ると、天狗がのっしのっしと歩いてきた。

定吉は金縛りにあったように起き上がれなかった。

神聖な珍布峠で騒がしく喧嘩しているから、天狗が怒って山から降りてきたのだと思った。

さすがの哲夫も恐怖で固まった。

「ギャー！」源太があられもない悲鳴を上げた。「ごめんなさい！」先ほどまでの怒りの形相が、泣きそうな顔に変わっている。

天狗が近づいてくるのが分かった。このままだと、三人とも山に攫(さら)われてしまう。

定吉が目をふさいでガタガタ震えていると、

「もう止めとけ」という声がした。

それは拍子抜けするほど穏やかな声だった。

定吉が恐るおそる目を開けると、見覚えのある薬売りが立っていた。

薬売りは、源太と哲夫をひょいとつまみあげるようにして立ち上がらせた。

「え？」

定吉は目をぱちくりさせて周囲を見渡した。

天狗は消えていた。

薬売りを天狗と見間違えたのだろうか。いや、薬売りは天狗だったのか、それとも天狗が今薬売りに化けているのか？　定吉は頭が混乱した。

この薬売りは奈良の高取町から松阪、伊勢に向かう途中、宮前村にも季節ごとにやってきて家に薬を置いていく行商人だった。

いつも笑みをたたえた物静かな男で、淡々と薬効を説く。それがまた説得力があって、薬もよく効くことから、村の者たちから信頼されていた。

胃弱のヒョウタンもよく世話になっている。四十がらみの男だが、もっと年老いて見えた。とはいってもしょぼくれているわけではなく、むしろ威厳が感じられた。

痩身ながら大きな荷箱を軽々と抱え、遠路やってくることから、ただ者ではないと親から聞いたことがある。あの薬売りは修験道の開祖、役行者の子孫だと噂する村人もいた。いずれにせよ、謎多き薬売りなのだ。

薬売りは背負った柳行李を下ろすと、源太と哲夫の顔を睨みつけた。そして黙って柳行李から塗薬を取り出すと、「今夜は顔が腫れ上がるな」と言って、二人の顔に塗り始めた。

「痛っ」

源太も哲夫も思わず声を上げた。

「辛抱せえ」

柔和な表情だが、どこか凄みのある声で薬売りは言った。彼はまるで天罰を与えるかのように、力を込めて軟膏を傷口にこすりつけた。

源太も哲夫も先ほどまでの勢いはすっかり消え失せ、シュンとなった。

男は薬を塗り終わると、「早よ帰れ」と言って、源太たちを手で追い払った。

源太と定吉は赤桶地区に、哲夫は宮前村へと黙って帰っていった。定吉のことを、情けないヤツだと散々なじった武一は、誰よりも早く逃げ去っていた。

道すがら源太は、一言もしゃべらなかった。

源太も哲夫も腕に自信があったが、さすがの彼らも天狗にはかなわない。毒気を抜かれたように大人しくなった。源太は恐怖のあまり、小便を漏らしていた。

定吉は、源太が物の怪の類が苦手だということを、このとき初めて知った。

定吉は峠道を歩きながら、振り返りたい衝動にかられた。

薬売りがまた天狗に変身しているのではないかと思ったからだ。
きっとそうに違いない。そう思うと我慢できなくなってきた。誘惑に負けて恐るおそる振り返ってみると、薬売りは何事もなかったように、傍らにあった岩に腰を下ろし、旨そうに煙草を燻(くゆ)らせていた。

定吉はほっとしたような、少し残念なような、複雑な気持ちになった。

それにしても、今日は不思議な日だった。
赤桶神社の餅取りという、年に二度しかない楽しみな日に源太と哲夫が喧嘩して、それを仲裁したのが天狗の化身かもしれない薬売りで、本当にこの世はわけの分からないことが起こるものだと、定吉は思った。

この日の出来事は、その後、子どもたちの間で伝説のように語り継がれたが、この秘密を親や教師に言う者は誰もいなかった。言ったところで信用してもらえないと思ったのだろうが、それよりも村にやってくる薬売りの正体を親にバラしてしまうと、なにかとんでもないことが起こりそうで怖かったのだ。

薬売りはその後もこれまで通り、村にやってきた。

そして、いつもの穏やかな表情で大人たちに薬効を説き、置き薬を追加した。子どもたちにとってはそれがなおさら不気味で、家に薬売りがやってくると、急いで家の奥へと引っ込むようになった。

教師にも話さなかったといったが、小津にだけは後日、珍布峠で起きた不思議な出来事を、定吉を含め何人かの子どもたちが話をした。興味深いことに、みんな少しずつ違っていた。

小津は、子どもたちが自然と脚色して膨らませた魅力的な物語を聴くと、「おお、そうかそうか」と頰をゆるませ、彼らの頭を撫でた。

定吉はその笑顔を見て、やっぱりおーづせんせいにだけは話してよかったと思った。

薬売りが天狗に見えたのは、もとはと言えば小津の雑談が影響していたのかもしれない。

子どもたちにとって、小津の授業は今まで経験したことのないものだった。

突然、話が脱線し、おばけ話や物の怪話が始まるのだ。

小津は子どもたちが話を聞いて怖がるのを楽しんでいるようだった。

天狗や河童の話は何度も出てきた。

初めは戸惑っていた子どもたちも、やがて小津の融通無碍(ゆうづうむげ)な授業を面白がるようになった。いつも反発している源太でさえ、黙って聴き入ることがあった。だから定吉たちは、おーづせんせいなら告白しても信じてもらえると思ったのだろう。

その後、教え子たちが大人になってから昔を懐かしんだ折、珍布峠の騒動を振り返ることがあったが、あれは薬売りを見間違えたに過ぎないと嘲笑する者は一人もいなかった。長い時を経ても彼らの中では、天狗に遭遇した貴重な体験として色あせることなく残っていたのだ。

いずれにせよ、小津の授業は——ことにウソ話は、子どもたちの想像力を豊かに育むことになったのだろう。

けれど、こうした体験は彼らにとってまだ序章に過ぎなかった。

子どもたちが生涯忘れられない小津語りの醍醐味を味わうのは、この後のことだった。

第六章　特別授業

咲き始めた紫陽花(あじさい)の花弁にポツリと雨が当たったかと思ったら、すぐに本降りとなった。

源太たちが、五年男組教室の窓から恨めしそうな顔で空を仰いでいる。

珍布峠の決闘以来、本校組と赤桶組の子どもたちは、表向き少し落ち着いた様子だった。源太も哲夫も、天狗に喧嘩を止められてはどうしようもない。

「えらい雨や……」とぼやいたのは源太だった。「体操だけが楽しみで学校来とるのに、くそッ、今日は掃除かッ」

「雨は嫌いや……大嫌いや」

武一が呪うように呟いた。

四年生のときまで本校、分教場を問わず、子どもたちは「体操」の時間に雨が降れば、教師たちはその時間を使って廊下や教室の掃除などをさせていた。当時はまだ本校に体育館がなかった。

男子にとって、校庭で思いっきり運動ができる体操の時間は、どんな授業よりも楽しみだった。

だから子どもたちは雨の日が憂鬱なのだ。

源太などは、体操の時間が楽しみで学校に来ているようなものだった。

哲夫もどしゃ降りになった雨を、ため息まじりに眺めていた。

小津がガラッと引き戸を開け、教室に入ってきた。

「気をつけ！　礼！　着席！」

級長の哲夫の号令で子どもたちが立ち上がり、一礼して着席したが、雨のせいで教室の空気がどんよりしている。

さらに激しく降ってきた。校庭が川のようになっている。

「えらい雨やな……」

小津が窓から外を眺めて呟いた。

源太が、「おーづせんせい」と言った。

「なっとした？」

「雨で体操ができません」

「そやな……」

小津は再び窓に目をやった。

「掃除するんですか？」

武一が不満げに言った。

小津はしばらく子どもたちの顔を眺めると、答える代わりに黙って板書をした。子どもたちは気抜けしたような顔で黒板を見た。黒板には「奇傑ゾロ」という文字が書かれていた。

小津が振り返って教室を見渡すと、「この文字読めるもんはおるか？」と尋ねた。

子どもたちがみんな首を傾げる中、哲夫が手を挙げた。

「哲夫」

「きけつぞろです」

「うん……ほな奇傑の意味は？」

哲夫は首を傾げた。

小津は手についたチョークの粉を両手で払いながら、教室をゆっくりと歩き始めた。

「奇傑とは、様子の変わった風がわりな豪傑、つまり武勇に優れて度胸のある男という意味で……これは先生が松阪で観たカツドーの題名や」

『奇傑ゾロ』は、大正十年（一九二一）十一月二日に日本で公開されたアメリカのサイレント映画だった。

小津はこの作品を去年、松阪の神楽座で観ていた。主演は当時、人気スターだったダグラス・フェアバンクス。もちろん田舎に住む子どもたちは彼のことは知らない。

そもそもこの村には活動小屋がないため、カツドーがどういうものか、想像すらできなかった。

「カツドーは、面白い。面白いだけでなく、感動する。感動するだけでなく、時に人生の道しるべになる」

小津が言った。

「せんせい、おれらカツドーなんか一度も観たことないです」

哲夫がみんなの気持ちを代弁するように答えた。

「そうか……先生もカツドーを初めて観たのは中学に入ってからやった……」

小津が、子どもの頃を振り返るように答えた。

外では相変わらず激しい雨が地面を叩きつけている。

小津が教卓に戻ると、ゆっくりと教室内を見渡した。

「この話は、痛快無比の冒険物語や……」

それは――突然始まった。

掃除させられると落胆していた子どもたちに、予期せぬことが起こったのだ。

しかし、まだ誰もそのことに気づいていない。

「時は一八二一年――」

小津が、弁士さながらにカツドーを再現し始めた。彼の語調が急にリズミカルに変わった。

「物語の舞台はまだスペイン領だったカリフォルニア。当時、この土地には腹黒い知事とラモン大尉という横暴な部下がいて、誰一人逆らえなかった。ある日のこと、なんの罪もない農民がラモン大尉の手下によって、縄に縛られ拷問を受けていた。『お前は、収穫した小麦を盗んだな！』、『盗んでいません』、『ウソをつくな！』。農民が鞭(むち)で叩かれる。バシーン！　バシーン！」

小津が大声を出すと、子どもたちがビクッとした。小津が続ける。

「……ぐったりする農民。このままでは死んでしまう。しかし誰も助けることはできない。もう一撃、バシーン！……そして、さらにもう一撃を加えようとした、その瞬間！」

教室が静まり返った。

「突然、目の前に黒い仮面の男が現れた！『お前は誰だ！』、ラモンの手下が言った。男はササッと壁にサーベルで一文字を刻んだ。それは〝Z〟の文字。『私はゾロ』。そう、この男こそ噂に聞こえし仮面の剣士ゾロだった！　弱きを助け強きをくじく正義の味方だ！　ゾロは不敵な笑みを浮かべた。ラモン大尉が叫んだ。『ヤツを倒せ！』。次々と手下がゾロに襲いかかる！」

小津が弁士のようにパンと机を叩いた。

「ところがゾロの剣によってあれよあれよという間に手下が返り討ちに。強いぞゾロ、無敵だゾロ！　農民を助けるや否やゾロは忽然と姿を消した！」

小津がまた机をパパンパンと叩いた。

哲夫の目が大きく見開いた。みんな固唾を飲んで聴き入っている。

定吉が口を半開きにして聴いている。

定吉だけでなく哲夫も源太もみんな小津の語る物語世界に誘われ、夢見心地になっている。

子どもたちの頭の中でカツドーの映像が動きだした。

小津の口調はますます熱を帯びてきた。

外では相変わらず雨が激しく降っていたが、いつの間にか子どもたちの耳から、雨の音が消えた。

「面子を潰されたラモン大尉は、必至でゾロを探し出そうとするが見つけることができない。ある日のこと、ドン・ディエゴという青年がこの故郷に帰ってきた。彼の父はロスアンジェルスの市長である。しかし、父はラモン大尉の悪だくみによってその地位を奪われていた。久しぶりに帰ってきた息子は軟弱な男になっていた。その様子を見て父はがっかりする。そんな折、元大地主の家に招かれた彼は美しい一人娘ロリータと出逢う。ドン・ディエゴは彼女に恋心を抱くが、彼女の心は噂のゾロでいっぱいだった。そんな彼女を強引に奪おうと企む男がいた。それは悪名高きラモン大尉。欲しいものはなんでも手に入れないと気がすまないこの男が、部下と共にロリータの前に現れた。そして無理やり彼女を連れ去ろうとした。このままではロリータが危ない！　とそのときだった。『やめろラモン！』。男たちの前に現れたのは、なんとゾロだった！」

パン！

「『やっちまえ！』。ラモンが叫んだ、手下がゾロに襲いかかる。激しく剣が交わる！　シャキーン、シャキーン！　椅子が蹴られる！　机に飛び乗る！　また敵が襲いかかる！　ゾロ、八面六臂の大活躍だ！　闘いの場面は二階へと移る！　二階から飛び降りる！　かと思えば身軽に塀をよじ登って屋根から屋根へ飛び移る！　走る走るまた走る！　追いかける手下たちの数がどんどん増えてきた！　さぁさぁ大乱闘の始まりだ！　ゾロが藁の山に身をひそめた。それを見つけた手下たちが一斉に剣で突き刺す！　グサッ、グサッ！　ゾロ危機一髪だ！」

パパン！

「と思いきや、スルリとうまく逃げのびた！　いったいどこに消えたか奇傑ゾロ！」

パン！

「いっぽう、村人たちが騒ぎを聞きつけ、屋敷に駆けつけた。やってきたラモンの前に立ちふさがったのは、なんと軟弱男のドン・ディエゴだった。せせら笑うラモンがドン・ディエゴに剣を向けた。周りは騒然、今度はラモンとドン・ディエゴの対決が始まった！」

パパン！

「二人の剣が交わった！」

パン！

「シャキーン、シャキーン！　ところが意外や意外、ドン・ディエゴがラモンを追いつめた！　村人たちの目の色が変わった。追いつめられ腰を落としたラモンの額に、ドン・ディエゴがシャシャっと一閃、剣先を走らせたッ！」

パパン！

「なんとそこには〝Z〟の文字が！『まさかお前が！』、ラモンが驚いた。そう、ゾロの正体とは――」

小津は一拍置いて、息を大きく吸い込んだ。

「ドン・ディエゴだったのであるッ！」

パン！

小津が机を激しく叩くと、子どもたちの尻が一斉に浮き上がった。

「ドン・ディエゴは十五歳のときにマドリッドに留学し、密かに剣術や武術を学び最強の剣士となっていたのだった！」

子どもたちの頭の中には、見たこともないはずのカリフォルニアの大地が鮮明に広がっていた。

小津の名調子が続く。物語は佳境に入った。

「『お、お前がゾロか！』、『そうだ！』。ドン・ディエゴを、軟弱なドラ息子だと思っていたラモンは驚いた！」

パパンパン！

「いや、なによりロリータが驚いた！　父親も驚いた。村人も驚いた。さあ、この先いったいどうなることやら。実はこの後、意外な展開が待っていた！」

パン！

と、子どもたちがさらに前のめりになったところで、終わりの鐘が鳴った。

小津は、その後定番となる言葉で締めくくった。「あとはまた今度」

鐘が鳴っても子どもたちの頭の中は活劇場面が動き続け、物語の世界から戻れなかった。

「おい、級長」

小津が哲夫に声をかけた。

「あ、はい。気おつけ！」

哲夫が夢から覚めたように答えた。

子どもたちは酔っぱらったように立ち上がると、一礼した。小津は、何事もなかったかのように教室を出ていった。

小津の語りは、まだ一度もカツドーを観たことがない子どもたちに強烈な印象を残した。彼らのこのときの体験は、私たちが初めて映画を観たときの興奮や、テレビが家にやってきたときの感動以上のものだったのだろう。

その後、映画監督になった小津が演出するとき、役者に代わってやってみせる演技やその語り口は、出演者たちを惚れ惚れとさせたが、それをもっとも早く体験したのは、宮前尋常小学校の子どもたちだった。

小津映画の代表的俳優、笠智衆（りゅうちしゅう）は著書『大船日記』の中で書いている。

〈……シビレをきらした先生は、とうとうご自分でやってみせてくださいました……これが、舌を巻くほどうまい。僕などが及びもつかないのはもちろん、小津組のどの俳優さんより上手だったと思います。先生が俳優になられていたら、きっと演技賞ものの名優だったでしょう〉

今考えれば山あいのこの田舎の小学校で、そんな授業を受けた子どもたちは、なんとぜいたくで、幸せな時間を過ごしたのだろう。

子どもたち自身も、このときの体験を忘れずにいた。

彼らが卒業しておよそ七十年後、すでに八十代になっていた五年男組の教え子たちがささやかな文集を編んだ。その中でおーづせんせいの思い出として、彼らが最も回想したのが、この雨の日の特別授業だった。

普通の授業についてはほとんど記憶の彼方へ過ぎ去っても、特別授業のことはみな昨日のことのように鮮明に覚えていた。

「考えてみたら、おーづせんせいに算術や読本など学科を教えてもらった記憶は残っていない。しかし、先生のウソ話や映画の話はみんな覚えていた」

多くの教え子たちが懐かしそうに語っている。

ウソ話とは、小津が語った創作話のことだ。彼は機会を見ては魅力的な創作話をした。活動写真についてもよく語った。ローマ字の書き方を教えたのも、雨の日の授業だった。子どもたちは習ったばかりのローマ字で自分の名前を書いてみて、なにやら別の自分になったような気がして喜び合った。中にはローマ字を習っていたおかげで、のちに仕事に就いたとき助かったという教え子もいた。

いずれにせよ――この日以来、子どもたちは小津の話が聴きたくて雨の日の特別授業が好きになった。和助は雨ごいの真似をしてみんなを笑わせた。しかし、源太だけは相変わらず頑なだった。

放課後、定吉たちが赤桶地区に帰る道すがら、源太が口を開いた。

「わじょら騙されたらアカンぞ」

源太が、低く唸るように言った。

「え？」

なんの話かと、武一が訊き返した。

「おーづせんせいの話や」源太が答えた。「騙されたらアカン」

その隣で定吉は、釈然としない表情を浮かべている。

「定吉、なんか言いたいことあんのか」

源太が不服そうに言った。

「わいは……おーづせんせいの話、ホンマやと思たわ」

「アホ、あんな話ウソに決まっとるやろ、ウソ話や。東京生まれは、田舎もんを騙すんが上手いんや」

「東京生まれは田舎もんを騙すんが上手いんか？」

定吉が、源太の言葉を繰り返した。

「当たり前や」

源太が断定的に答えた。

「アホやのわじょは、そんなことも知らんのか」

武一が知ったふうな顔で、源太の説に乗っかった。

源太も武一も、東京どころか松阪にすら行ったことがないのに自信たっぷりだった。

「そうなんや……」

定吉は、源太の話を半信半疑で聞いていた。なぜなら以前、なぜおしっこが黄色いのかという話になったとき、源太が「それはお茶を飲んでいるからに決まっとるやろ」と、極めて断定的に答えたことがあったからだ。

こうした怪しげな説を分かったかのように言う癖が源太にはあった。

特別授業の話は、すぐに六年男組の子どもたちにも伝わった。

彼らは、自分たちも五年男組の特別授業を受けてみたいと思った。そのためには、どこかで葬式がなければいけない。葬式があれば担任のオッサンは学校を休むことになる。そうなれば五年と合同授業になり、おーづせんせいの話を聴くことができる。できれば雨の日がありがたいが、贅沢は言っていられない。オッサンが休みさえすれば、あとはなんとかなるだろうと思った。

ある日、六年男組の級長である三治（さんじ）が昼食中、オッサンに尋ねた。

「オッサン」

「学校では先生と呼べ言うてるやろ」

オッサンが注意した。

「先生」

「なんや」

「村上の爺やん、そろそろ危ないんやないかな?」

「大丈夫や、まだ元気にしとる」

弁当を食べながら、オッサンが神妙に答えた。

村上の爺やんとは宮前村にある花岡神社の氏子の一人で、九十歳の今も毎朝、境内を掃除している信心深い村の長老である。ただ三治たちにとっては、境内で遊んでいるといつも追い払いに来る煙たい存在だった。

「……残念や」

思わず三治が呟いた。

「三治、そんな縁起悪いことは言うもんやないぞ」

オッサンがたしなめた。

「先生、それはけったいな話やわ」

三治が言い返した。

「なにがけったいや」

「縁起悪いこと起らんと、坊さんの出番のうなるやんか。そうなったら一番困んのオッサンやんか」

三治の仲間たちが、そやそや、と声を上げた。

「アホ、罰当たりなこと言うな」
オッサンが怒りだした。

特別授業があったその週末、源太は定吉と武一を引き連れて赤桶の竹やぶに入った。こういうときは竹鉄砲を作って遊ぶか、チャンバラごっこ用の刀作りがお決まりだった。源太は竹鉄砲を作るのが得意で、定吉はどんなに真似ても源太のようには作れなかった。それぞれ手ごろな竹を見つけて切り取ると、小刀で適当な長さに仕上げた。どうやら、この日はチャンバラごっこを始めるようだった。彼らは、活動写真はまだ観たことはなかったが、忍者の姿がどんなものであるかは大人たちから聞いたことがあり、歴史の授業でも習ったことがある。

さらに県下には忍者の故郷である伊賀があり、この村の子どもたちにとって忍者は身近な存在だった。

定吉はチャンバラごっこも好きではなかった。というか、源太とするのが苦手だった。チャンバラごっこはあくまでも遊びのはずだが、源太はいつも途中から本気になってかかってくる。力を入れて竹棒で叩いてくるので、打たれた腕がみみず腫れになることがある。だから定吉は億劫(おっくう)だった。

「よし、これから決闘や」

源太が高らかに言った。

そして雑嚢から細長い黒布と風呂敷を取り出すと、変装し始めた。

源太は長い黒布を目に当てた。いつもの格好と違っていた。定吉は、源太がなにをしたいのかすぐに分かった。

忍者ごっこではなく、自分が奇傑ゾロになってチャンバラをやりたいのだ。

手作りで急いで作ったせいか、左右の目穴の大きさと高さが微妙に違っていた。

おーづせんせいが語ってくれた、かっこいいゾロのイメージとはずいぶん違うなと定吉は思った。

しかし源太は、いっこうに気にしない様子で満足そうだった。

そして風呂敷を肩から纏うと、胸をそらして言い放った。

「わいは奇傑ゾロで、武一はラモン大尉や」

「よっしゃ」

お調子者の武一は、すぐその気になった。

「わいは？」

定吉がおそるおそる訊いた。

「わじょはラモンの手下や」

「手下？」

「そや」

源太は、さも当然のように答えた。

定吉の嫌な予感が的中した。思った通りだ。

源太は、あれだけおーづせんせいの話に反発していたのに、真っ先に奇傑ゾロごっこをやり出したのだ。源太は本当にずるいと定吉は思った。

なにより自分がラモン大尉の手下役になることが不満だった。

黒い布の穴から、源太の得意げな目が覗いていた。

第七章　ヒョウタンの失恋

六月に入り、小津は週末になると櫛田川に釣りに出かけることが多くなった。いとゑを誘ったのは、出逢ってから二か月ほど経ってのことだ。彼女は釣りをするわけではなかったが、小津の傍らにいるだけで幸せだった。

小津はこの日、いつもの釣り場より、歩いて二十分ほど上流まで足を延ばした。釣り糸を垂れてはいるが、小津は釣果にほとんど関心がない様子だった。いっぽう、いとゑは、先ほど彼から渡された一枚のブロマイドをじっと見つめていた。

「男前やろ？　アメリカで一番人気のある俳優なんさ」

「アメリカで？」

小津が頷いた。「早川雪洲は二十一歳のときに渡米して、カツドーの世界で主演になった日本人やでな」彼は授業で子どもたちに雪洲の話を聞かせたばかりだった。

いとゑの目が大きく見開いた。

早川雪洲は当初、映画関係者から東洋人のくせに生意気だと嫉妬され、虐めを受けたが、アメリカの観客は彼を熱狂的に迎えた。やがて喜劇のチャップリンか、悲劇の雪洲かと呼ばれるまでになり、ハリウッドでもっともブロマイドが売れた日本人俳優になった。

のちに『カサブランカ』に出演したハンフリー・ボガートが、次回作で雪洲との競演を熱望したのはつとに有名な話である。

いとゑは手にした雪洲の写真を、改めて見直した。

「カツドーを観たことはあらへんけど、チャップリンの名前なら聞いたことあります」

「松阪に行ったことは？」

いとゑは首を横に振った。

「松阪には神楽座という活動小屋が実家の近くにあるんで、僕はそこに入り浸りやった」

「お好きなんやんな、カツドーが」

いとゑは、あえかに笑みを浮かべた。

「好きというより……」と言って、小津は釣り竿の先を見つめた。「夢やな……いつかカツドーを撮りたい思とるんさ」

十八歳の小津は、教師になることを自ら選んで、活動小屋のないこの村にやってきたものの、やはり彼にとって映画は、人生そのものだった。

宮前村に来てから三か月が経ち、小津は活動小屋がなければ生きていけないことを改めて思い知らされていたのだ。

いとゑは、麦わら帽子を被った小津の横顔に視線を移した。その表情はどこか寂しげだった。小津が教師ではなく、別の仕事に就きたいと思っていることを、いとゑはこのとき初めて知った。彼女は、小津と同じように川面に目を移すと、しばらく黙ったままでいた。

彼のように夢中になれる、なりたい職業が自分にはあるのだろうかと思い巡らせてみたが、なにも浮かばなかった。

この小さな村で生まれ、育ち、暮らしている。

彼女にとって興味があることといえば本を読むことくらいで、ほとんど村を出ることなく平凡な暮らしを続けてきた。尋常小学校を卒業するとき、成績が良かったため中学（旧制）に進学する話も出たが、結局、親の希望もあって家業の煙草屋を手伝うようになった。

いとゑだけでなく、多くの子どもたちがそうであったように、この時代、親が勧める道を当たり前のように選んだ。

宮前村では尋常小学校を卒業すると、長男は親の山仕事を継ぎ、次男、三男は丁稚奉公に、女子は紡績工場に勤めることが多かった。それを殊更不幸だとは感じなかった。ひょっとして自分には別の人生があったのかもしれないと頭をよぎることがあったとしても、それ以上に今日、明日と生きていくことに精一杯だった。

「カツドーの話、もっと聴かしてもうてええですか?」

いとゑが微笑むと、小津は早川雪洲が主演した『隠された真珠』の物語を話し始めた。

まるで講談本を読んでもらっているような心地よさだった。いとゑが、小津の語り口に浸ろうとしたとき、釣り糸に引きが来た。

「おっ」

思わず、小津は話を中断した。

「釣れた！」

いとゑが満面の笑みで川面を指さした。

無欲のときに限って、なぜか釣果は上がるものだ。


小津が針にかかった魚を釣り上げようとしていた頃、角屋旅館の一室ではオッサンが見合いをしていた。

果たしてこれで何回目だろう。料理を食べる箸を止め、胡坐をかいた膝の上で、隠れるように指を折って数えていると、隣に座った母親がオッサンのその手を払った。

「黙っとらんでなんかしゃべりない。あんたはホンマに愛想あらへんな」

オッサンは憮然となった。

「そんなに緊張せんといておくんない」

座卓をはさんで、オッサンと母親の前に座っている貫禄のある厚化粧の女が言った。

別に緊張しているわけではない。早くこの場を切り上げたいだけだとオッサンは思っている。そもそもこのお見合い話は断ったはずなのに、母親に強引に引っ張られ、ここに連れてこられたのだ。見合い相手の女はこの村の出身で、一年前、隣村の男と離婚して、実家に出戻っていた。その話を聞きつけたオッサンの母親が、この女の知人である村人に仲介を頼み、今日の見合いにこぎつけたのだった。

村人は角屋旅館の玄関前で双方を紹介すると、私は堅苦しい席は苦手なんで、あとは当事者同士で話し合おうてください、と引き揚げてしまった。

開放した座敷の障子窓から初夏の心地よい風が入ってきた。お見合い日和（びより）ではある。

「この子は三十四にもなって優柔不断なところがあるんで、しっかりした女性のほうがええんさ」

母親は勝手に決めつけた。

隣に座ったオッサンが母親を睨んだ。

「三歳年上やけど」

女が正直に答えた。

「ちょうどええわ。この子は年上の女性が好みなんさ」

確かにその通りだが、年上なら誰でもいいというわけではない。相手に好みがあるように、オッサンにだって好みはある。

「年上の女房は金（かね）の草鞋（わらじ）を履いてでも探せて、ことわざもあることやしね」

女は自ら言った。

「その通りやわ」

母親は上機嫌に微笑んだ。

オッサンは酸っぱい表情になった。彼は視線を落とすと、ため息をついた。心なしか生気が吸い取られていくようだった。

「今すぐに返事するのはできんけど……」女は続けた。

「もちろんです。一生添い遂げる相手を見つけるんやで、じっくり考えておくんない」

「お母さん、お言葉やけど、一生添い遂げるかどうかは分かりませんよ、現に私は一度離婚しとるんやで」

確かにその通りだ。

「あ、いや、すんません。そんなつもりやのうて……堪忍しておくんない」

母親が慌てて頭を下げた。

オッサンは思わず苦笑しそうになり、下を向いた。

「ほら、あんたが黙っとるでこんな話になるんやに、早よなんか言いない」

（え？　わしのせい？）

自分の失言が、さも息子のせいであるかのように、母親はオッサンに矛先（ほこさき）を向けた。

オッサンはげんなりしながらも、女の隣で幕の内弁当を頑張っている連れ子に声をかけた。

「どや、坊（ぼん）、弁当美味いか？」

連れ子は、オッサンを無視したまま弁当を食べている。

「ほら、おじやんが美味いかて訊いとるやろ、もう五歳になったんやで、きちんと言えるやろ」

女がたしなめた。

「知らん」

連れ子が不愛想に答えた。

「この子は見かけによらんと、人見知りするんさ」

女が言った。

「そうですか」

オッサンはそう答えるしかない。

「このおじやん、こう見えても優しいんやに?」

オッサンの母親が、子どもの機嫌をとるように口をはさんだ。

(こう見えてもて、どういう意味や)オッサンは心の中でぼやいた。

連れ子が手を止め、オッサンを睨んだ。

「このおじやんはな、坊さんやから昔ばなしようけ知っとるに」

母親が満面の笑みで続けた。

子どもは興味なさそうに、再び弁当を食べ始めた。

「ええ子にしときて言うたやろ」

女は険しい目つきになった。

「まあまあ、ええやないですか」

母親が笑顔でとりなした。

「坊はおじやんと一緒で緊張しとるんやんな？」

仕方なくオッサンも場を和ますように言った。

「知らんわッ」

「あんた、ええかげんにしや」

突然、どすの利いた女の声が響いた。

「知らんッ、知らんッ」

連れ子が繰り返した。

「子どもは食べることが一番好きやしなぁ……」

愛想笑いを浮かべながらオッサンが言い終わろうとしたとき、女の張り手が連れ子の肩口に飛んだ。次の瞬間、子どもの表情がみるみる歪んだかと思ったら、火がついたように泣きだした。

泣き声とともに、口に含んでいた飯粒がオッサンの顔に飛び散った。

「そんな、こつかんでも……」

オッサンの母親が、おろおろしながらたしなめた。

オッサンは無表情のまま袖口で顔をぬぐった。

「ええんです、放っといておくんない」

女は平然としていた。

連れ子が本格的に泣きだした。「坊さん嫌いやァ！　坊さん嫌いやァ！」

「泣いたらあかん！」

女の怒声が飛んだ。

子どもと一緒にオッサンも泣きたくなった。


翌日、小津が学校に行くと珍しくヒョウタンが休んでいた。

職員朝会でロマンが言うには、宮田先生は体調を崩したとのことだった。

学校が終わって、帰り際に下駄箱のところで、小津はオッサンに呼び止められた。

「おーづ先生、これからなんか用ある？」

「いや、夕めし食うだけやけど――」

「ほな、ちょっと付き合うて」

と言うなり、オッサンはもう背を向けて歩きだした。

言われるままオッサンの後についていくと、恵宝寺まで連れていかれた。また酒でも付き合わされるのかと思ったら、そうではなかった。

「なんの用です？」

小津は本堂に上がると改めて尋ねた。

「いや、ちょっと……」

オッサンはなにやら口籠（くちごも）っている。

「なんです」

「まァまァ、奥へ」

そう言うと、小津を本堂の離れ奥にある小部屋の前に誘った。

オッサンが襖（ふすま）を開けて二人で中に入ると、そこにヒョウタンが布団を被って臥（ふ）していた。

「宮田先生……」

小津が少し驚いた様子で言った。

「あぁ、おーづ先生、き、来てくれたんや……」

ヒョウタンが今にも死にそうな声で答えた。

「なっとしたんです？」

「もうアカン、死ぬわ……」

ヒョウタンが弱々しい声で言った。口の周りにうっすらと無精髭が浮いている。

「死ぬわて……」

小津が同じ言葉を繰り返した。

ヒョウタンには申し訳ないが、どこか芝居じみていて深刻さは感じられない。

そのため思わず吹き出しそうになったが、それでも小津は真面目そうな顔で、

「なんでこんなとこに寝とるんです？」

「いや、実は……」

ヒョウタンが口を開こうとすると、オッサンが手で制し、「話せば長いんやけどな……」と、代わって事情を話し始めた。

昨日、散々な思いをして見合いの席から引き揚げたオッサンは、寺の山門に着くなり母親と大喧嘩になった。「そやからこの見合いは嫌や言うたやろ」とオッサンが怒りだすと、「見合いが嫌なら、早よ自分で見つけてこい」と母がやり返す。

ひとしきり山門で怒鳴り合っているうちに、見合い相手を紹介した村人が二人の前に現れた。村人は、「今日のお見合い、お断りしたいて先方の女性から話がありまして、さっそく伝えに来ました」と言った。

こちらから断ろうと思っていたら先を越されてしまった。女と別れてまだ小一時間も経っていない。

オッサンは憤然として、今来た道を戻ってヒョウタンの下宿に転がり込んだ。

今夜は誰かと呑まない限り、腹の虫が収まらない。いきり立ったオッサンを見て、ヒョウタンは驚いたが、オッサンの見合い話の顚末を聞いているうちに彼は突然号泣し始めた。そこまで同情してもらわなくてもと鼻白(はなじら)んでいたら、別にオッサンのことを気の毒に思っていたわけではなかった。

ヒョウタンは今日、自分の身の上に降りかかった不幸事を嘆いていたのだ。

この日、ヒョウタンは酷い裏切りを受けて失恋したばかりだった。当初は平常心を保っていたものの、オッサンの話を聞くうちに抑え込んでいた感情が噴き出してしまったという。今度はオッサンが驚く番だった。

話を聞いた小津も驚いた。

「失恋？」

「ああ」

オッサンが答えた。

小津ならずとも興味がある話だ。

「誰にフラれたんです？」

以前、この三人で櫛田川に釣りに行った折、ヒョウタンが「今は高嶺の花だから憧れているだけです」と言った女性に違いない。あのときはそれが誰なのか口を割らなかったが、どうやらヒョウタンとその女性の間には進展があったらしい。

「相手は誰なんです？」

小津はもう一度尋ねた。

「コナベや」

オッサンが呆れたように言った。

「コナベって……渡辺先生？」

「そや」

小津は、高嶺の花という言葉とコナベがすぐには頭の中でつながらなかった。

コナベはジュンサと付き合っていたので、オッサンもまさかと思ったが、ヒョウタンの話によればジュンサと別れたとコナベから聞いたらしい。そこで覚悟を決めて彼女に付き合ってほしいと申し込んだところ、受け入れてくれたという。

ようやく告白し、逢瀬を重ね、ヒョウタンは幸せいっぱいだった。

ところが付き合ってひと月もしない昨日、コナベの下宿をふと訪ねると、中から彼女とジュンサが仲良く現れたという。別れたかと思ったら元のさやに戻っていたというのはよくある話だが、純情一途のヒョウタンにはショックが大き過ぎた。コナベに問いただしたら、

「お互い別れてみると、やっぱり好き同士やったいうことが分かったんさ。おおきんな」

コナベはヒョウタンに謝るどころかお礼を口にした。この言葉でヒョウタンのショックは五割増しになった。

ヒョウタンはコナベの行為に憤っていたが、小津は彼女がそれほど悪い女だとは思えなかった。彼女は自分に正直に生きているのだ。

人は付き合ってみないと分からない。そう言ってしまえば身もふたもないが、実際に付き合って愛情が深まる場合もあればそうでない場合もある。そして別れて気づく場合もある。

それは自分でも予期できないことだ。やっかいだが、それが恋心というものだろう。

オッサンは見合いの憂さを晴らすためにヒョウタンの下宿にやってきたのだが、そんなことはもうどうでもよくなった。目の前に自分よりもっと不幸なヤツがいる。今夜はヒョウタンの失恋の痛手を癒すため、とことん付き合ってやろうと思った。

一升瓶はすぐ空っぽになった。ヒョウタンの下宿先は酒屋だが夜中に起こすわけにはいかない。

オッサンは寺にヒョウタンを誘って、そこでまた酒盛りが始まった。二人でしたたかに呑んだ。たがいの傷を舐め合っているうちにどんどん酒量は増えて、明け方まで呑んでしまった。

酒に強いオッサンはなんとか出勤できそうだが、ヒョウタンは二日酔いと失恋の痛手で足腰が立たなくなってしまった。それで今日の欠勤と相成ったわけだが、問題はこの後だ。

「宮田先生、教師を辞める言うとるんや。なんとかおーづ先生からも引き留めたってくれへんか」

オッサンが小津をここに連れてきた理由が、ようやく分かった。

失恋は特別な経験やない、なのに失恋するたび仕事を辞めていたら何回転職せなあかんねん、としごく当たり前のことをオッサンは説教したらしいが、ヒョウタンの気持ちは変わらなかった。

「高嶺の花が……」

ヒョウタンが、布団に臥したままうめいている。

「それは、君が勝手に高嶺の花や思てるだけやったんちゃうか？」オッサンが言った。

「どういう意味です？」

ヒョウタンがムッとした。

「いや、つまり、身近な道端に咲いとる花やったかもしれんし――」

とオッサンが言いかけたところで小津が遮った。

これ以上、ここで話し合っていても埒が明かない。空気を換えたほうがいい。とりあえず、小津はヒョウタンを奈良屋に誘った。当初、ヒョウタンは食欲がないと渋ったが、このままだと今夜もまたオッサンと痛飲しそうだ。

小津はヒョウタンを無理やり起こすと、奈良屋に連れ出した。

時間が遅かったせいか、他に客はいなかった。

ヒョウタンは味噌汁だけを頼み、小津はいつものように親子丼を注文した。ヒョウタンは、出されたお茶の温かみを感じ取るように、両手で湯飲み茶碗を包み込んだまま動かない。

「やっぱり僕はとことんツイとらんわ」

ヒョウタンが湯飲み茶碗の底を覗き込みながらボソリと呟いた。

小津が不思議そうな表情を浮かべた。

「茶柱が立っとらん。三本も入っとんのに三本とも寝たままや」

ヒョウタンは深いため息をついた。

「こんなんで教師を辞めるつもりですか？」

「もともと僕は、教師は向いとらん思とったから、ちょうどええきっかけや……」

「それを言うなら、俺のほうがもっと向いとらんに」

「いや……おーづ先生は教師がお似合いや」

小津が答えずにいると、ヒョウタンもしばらく黙ったままでいた。

親子丼と味噌汁が運ばれてきたとき、再びヒョウタンが口を開いた。

「……念のために聞いてみよかな」

「聞いてみる?」

ヒョウタンが頷いた。「丹波先生との仲はどうなっとるんか。ひょっとしたら本心はまだ迷うとるか分からんし」

小津は答えなかった。

ヒョウタンはまだ未練たっぷりで、ありもしない可能性にすがっていた。

「どない思う?」

「止めたほうがええに。それより、早よ忘れましょう」

今度はヒョウタンが答えなかった。

つまるところ、失恋を癒す処方箋は忘却しかない。失恋に限らず、人が幾多の悲しみを経験してもどうにか生きていけるのは、人が忘れる能力を持っているからだろう。「忘却はよりよき前進を生む」とニーチェは言ったが、その通りだ。忘れることは老化に限ったわけではない。心が病まないための水平器の役割を担っているのだ。

小一時間ほど経った頃、オッサンが奈良屋にやってきた。

「よかった、まだ居ったんや」

オッサンは人懐っこい笑みを浮かべた。

彼もヒョウタンが欠勤したことに責任を感じている。

日本酒の冷やを注文すると、ヒョウタンの隣に腰を掛けた。座ってしばらくすると、オッサンはまた見合いの話を小津に話し始めた。ヒョウタンのことが気になったのは確かだが、自分のことも話し足りなかったのだろう。

しかし小津には、それが彼なりのヒョウタンへの思いやりのようにも感じた。

ヒョウタンはオッサンのお見合い話を聞きながら、

「そういえば……谷岡先生は、お見合い今回でなんべん目やったん？」と尋ねた。

「そうやな……」と見合いの席でやったように指を折って、「たぶん六回目やな」

「そうか、谷岡先生に比べたら、僕なんかまだマシか……」

「なんやそれ。言うとけどな、わしは見合いが破談しただけで、君みたいに失恋したわけやあらへんに」

「よう似たもんやて」

「ちゃうわ」

オッサンが苦笑しながら声を上げた。

「どちらにしても僕も谷岡先生も、昨日は散々な日曜やったわけや」

自嘲気味だが、この日初めてヒョウタンは笑みを浮かべた。

「まあ、そういうことやな」

「僕も独り、先生も独り、結果は一緒」

ヒョウタンは一人得心したように言った。

「それは確かや」

オッサンが笑った。

ヒョウタンの傷心をなんとか癒そうとするオッサンと、その心遣いに感謝しつつも、気持ちとは裏腹なことを口にするヒョウタン。なんだか甘噛みしながら戯れている猫のようだった。言葉で愛撫し合う二人を、小津は微笑ましく見ていた。

ヒョウタンは、冷えてしまった目の前の味噌汁を一口すすると、

「……ところでおーづ先生は、昨日の日曜はなにしとったん？」

「昨日の日曜？」

小津は一瞬かまえた。

まさか、この場でいとゑと一緒に仲良く釣りに出かけていたとは口が裂けても言えない。

そんな話をしようものなら、この二人になにを言われるか分かったものではない。

「なっとしたん？」

ヒョウタンが訝しげに尋ねた。

「忘れてしもた」

「昨日ことを？」

小津は神妙な顔で頷いた。

「大丈夫か？」

オッサンが心配した。

「いや、忘却は人に備わった能力」

小津はそう答えるると、残った親子丼をかき込んだ。

「なに悠長に言うとるんや、その若さで昨日のこと忘れるようやったら、一度病院行ったほうがええに」オッサンが言った。

「そやに」

ようやくヒョウタンに、いつもの穏やかな表情が戻ったようだった。

翌日、職員室に入ると何事もなかったかのようにヒョウタンは出勤していた。

コナベもジュンサも何食わぬ顔で席に座っている。

職朝の前に、ヒョウタンはロマンに呼ばれて体調は大丈夫かと訊かれたが、まさか失恋が原因で休みましたとは言えない。「ご心配おかけしました、寝冷えだと思います」とヒョウタンは神妙に答えた。

もし本当のことを伝えたら、ロマンは大失恋の先輩としてさぞや有意義なアドバイスを送ったことだろう。

ヒョウタンは未練がましくチラチラとコナベに目を走らせたが、彼女はバツが悪いのか、視線を感じても目を合わすことはなかった。

ジュンサは相変わらず不機嫌そうな顔で、我関せず煙草を吹かしている。

それにしてもこの一か月間の逢瀬はいったいなんだったのだろうかとヒョウタンは反芻(はんすう)してみたが、納得できる答えは見つからなかった。

その後、小津はしばらくの間、ヒョウタンと一緒に奈良屋で晩飯を食べるようにした。ほどほどに酒の相手をしてグチを聞いてやった。そんなことをひと月ほど繰り返すうちに、少しずつだが失恋の痛手は収まっていった。

教師を辞めるという話も口にしなくなった。それでも時々、思い出したかのようにヒョウタンはコナベの不実をなじったが、そもそも自分と同じ誠実さを他人に求めるのは無理な相談なのだ。互いの愛情の熱量を正確に測る機械は、この世には存在しない。

ただこの一件で、ヒョウタンは男として少しばかり成長したようだった。

第八章　夏休み

夏休みに入る前、子どもたちにはこんにゃく版で刷られた「夏季休暇練習帖」と、「夏休みの心得」が配布され、学年ごとに補習課題が与えられた。

夏休み中は二回の登校日が設けられ、それぞれ担任が宿題の進捗状況を確認する。

教師たちは、夏休み中交代で学校に行く以外、通常の授業からは解放され、自由な時間を得るわけだが、小津に限って言えばあまりのんびりできる時間はなかった。

夏休みに入ると、ひっきりなしに子どもたちが下宿に遊びに来るようになったからだ。

特に五年女組の子どもたちは、普段小津の授業を受けることができないため、用もないのに小津の下宿に押しかけた。

やがて彼女たちは、自主的に小津の部屋を掃除するようになった。掃除が終わると、小津はお礼代わりとばかり自慢のマンドリンを彼女たちに弾いて聴かせた。

村の子どもたちにとって、マンドリンは初めて聴く音色だった。

小津は中学の頃からベス単のカメラを触っていたため、宮前村にもカメラを持ってきていたはずだが、この地でのプライベートな写真は、浴衣を着てマンドリンを弾いている写真以外、ほとんど残されていない。

夏休みのある日、定吉は久しぶりに小学校にやってきた。

赤桶地区にいれば源太や武一と連れ立って遊ぶか、父親の仕事を手伝わされるかのどちらかだ。定吉は、それがひと月以上も続くのかと思うとため息が出た。勉強は苦手だが、学校に行くのは嫌いじゃない。五年生になってからは特にそう思うようになった。

その朝、定吉は源太がやってくる前に家を出た。

例によって、赤桶から小学校に行くには珍布峠を通らなくてはならない。あの騒動以来、この峠を通るたびにまた天狗が山から下りてくるのではと緊張するようになった。定吉は自然と駆け足になって、峠を下っていった。

小学校の校庭にやってくると、子どもたちが遊んでいた。その中に五年本校組の集団もいた。彼らは定吉を目ざとく見つけると、勢い勇んで駆け寄ってきた。

「なにしに来たんや」

と言ったのは、先般の騒動のきっかけとなった松市だった。

「遊びに来たんや」

「わじょはここに来んな、源太と一緒に赤桶で遊んどれ」

松市が凄んだ。

すると、周りの者が「帰れ帰れ」と囃し立てた。

定吉は仕方なく来た道を戻っていった。彼の背後からみんなが嘲笑う声が聞こえた。

宮前尋常小学校は、村のほぼ中心にあって、花岡神社までは一本道である。

定吉はそのまま赤桶に帰る気持ちになれず、櫛田川に寄ってみようと思い立った。ここからなら数分の距離だ。

「定吉」

路地を曲がろうとしたとき、ふいに後ろから声がした。

振り返ると、哲夫が立っていた。

「どこ行くんや」

「……川に行ってみよ思て」

定吉が答えた。

「暇そうやな」哲夫が意味ありげに笑みを浮かべた。「川なんか行くより、今からわいと一緒におーづせんせいんとこ行かへんか」

「おーづせんせい？」

その名前を聞いて、定吉はなぜかドキドキした。

そういえば夏休みに入ってから、一度もおーづせんせいに会っていなかった。

会いたいと思っていたが、夏休み中は勝手に会えないと思い込んでいた。いや、引っ込み思案の定吉には、そもそもおーづせんせいの下宿を訪ねるという発想自体がなかったのだ。

「おーづせんせいに補習してもろとんのや」

哲夫は言った。

たしか中学に進学する同級生は、放課後、補習を行なっていると聞いたことがある。

しかし、夏休みもおーづせんせいが補習を行なっているとは知らなかった。

そのとき、五年男組で中学校に進学を希望している同級生が三人いると知った。

哲夫はその一人だった。

だから先ほど校庭に行ったとき、五年本校組の中に哲夫がいなかったのだ。哲夫は五年男組の中でも特に優秀だった。家も裕福そうに見えた。

彼の父親は村の郵便局長で、今年から宮前村郵便局は電報も扱うことになったと、哲夫が誇らしげに話していたことがあった。

多くの同級生がそうであるように、定吉の父も山仕だった。それを卑下する気持ちはまったくないが、父親の仕事を素直に自慢できる哲夫が眩しく感じられた。

「ええわ」

定吉が遠慮がちに言った。

「なんでや」

「わいは進学せんから」

「ええから、来い」

哲夫は強引に誘うと、もう小津の下宿に向かって歩きだしていた。

定吉は思わず頬を緩めた。急いで歩を進め、哲夫と並んで歩いた。

「哲っちゃん、日本少年の本、汚してしもてごめんな」

定吉は改めて哲夫に謝罪した。

「だんねえ、もう気にせんでええ」

哲夫は前を向いたまま毅然と答えた。

定吉は妙な気持ちだった。

本校組の哲夫と赤桶地区の自分がこうして並んで歩いている。なにも問題はないはずなのに、集団になると角突き合わせてしまう。

ひょっとして哲夫自身はもうそういう関係にうんざりしているのではないかと、定吉は思った。現に源太と喧嘩した後、哲夫は源太に突っかかることはほとんどなくなり、本校組と分教場組がいがみ合っても、彼が争いの場に出ていくことはなくなった。

小学校時代は長く続くわけではない。

彼らにとっては残り二年にも満たない。哲夫の頭にあるのは中学のことだろう。いや、大人びた哲夫はもっと先を見ているのかもしれない。

定吉は、哲夫の横顔を眺めながらそう思った。


小津の下宿に着くと、哲夫は勝手知ったる他人の家のように気軽に二階へと上がっていった。哲夫が襖を開けると、すでに二人の同級生が補習をしていた。

部屋には、小津が村の蔵書家から借りた本がたくさん積まれていた。

「こんにちは、定吉も連れてきました」

哲夫が言うと、教えていた小津が顔を上げた。

「おう、そうか。まっ、入れ」

小津は答えた。「おう」は教師時代の彼の口癖だった。

「すんません」

定吉が恐縮している。

「謝らんでもええ」小津が笑った。「お前、本が好きなんやろ、ここに置いてある本、好きなだけ読んだらええぞ」

小津の座卓の上には、いろんな雑誌が山積みになっていた。

定吉はどれも初めて目にする雑誌で、一番初めに目に入ったのは、『キネマ旬報』だった。彼は映画雑誌どころか、そもそも活動写真を観たことがない。松阪や伊勢で学ぶ中学生でさえも活動小屋に入ることは禁止されていた時代だから当然だろう。

日本の映画雑誌の歴史は、明治四十二年（一九〇九）に創刊された『活動写真界』が始まりといわれている。そして現在も続く映画雑誌の草分け的存在といえば、大正八年（一九一九）創刊の『キネマ旬報』である。

小津は、柳行李に『キネマ旬報』のコレクションを詰め込んでいた。

定吉は、その一冊を手にした。それは『キネマ旬報』の創刊号で、当時アメリカの人気女優だったマーガリータ・フィッシャーの写真が載っていた。

定吉はその美しさにうっとりした。

「立川（たちかわ）文庫の豪傑譚もあるぞ」

小津が声をかけた。

「こっちがええです」

定吉は少し恥ずかしそうに答えた。

「そうか」

定吉の喜ぶ顔を見て、教科書を取り出した哲夫も嬉しそうだった。

小津は冗談を言うこともなく、またここにいる三人も無駄口を叩くことはなく、みんな真剣な顔になって勉強を始めた。

その隣で定吉は、初めて見るハリウッド女優の写真に胸をときめかせていた。

お盆休みに入って、小津は久しぶりに帰省した。

松阪に帰るには一時間ほど木炭バスに乗って、最寄りの駅である大石駅まで行き、そこから蒸気機関車に乗り替えなくてはならない。

今は廃線となっているが、大正十一年当時は松阪鉄道と呼ばれた路線が通っていた。待ち時間を考えれば、終点の松阪停車場まで二時間以上の距離になる。

この日は朝から夏の日差しが照り付け、真っ青な空にはもくもくと入道雲が湧き立っていた。村中にせわしく蟬時雨（せみしぐれ）が降っている。

小津が大石駅行きのバス停で待っていると、一台の人力車がやってきた。

バス停の前で停まったかと思えば、俥夫の手を借りて一人の女が座席から降りてきた。

「おーづ先生ッ」

コナベだった。

この村では、明治から昭和初期まで細々ながら人力車の営業が続いていた。どういうわけかこの日、コナベは人力車に乗っていた。コナベは俥夫（しゃふ）を待たせると、会釈しながら小津に近づいてきた。

「実家にお帰りですか？」

「ええ」

「ええなぇ、私も久しぶりに松阪行きたいわ……」

と言うなり、ポケットから取り出したハンカチを長椅子に敷いて、小津の隣に座った。

「お出かけですか？」

今度は小津が尋ねた。

「いえどこも行きません。前から人力車乗りたかったんさ」

「へぇ」

小津はそう答えるしかない。

「これから下宿に帰るんやけど」

「そうですか」

「まだ大石行きのバスは一時間ほど待たなあかんのと違います？」

コナベは時計を見た。

「ええ」

当時、大石駅行きバスは、二時間に一本しかなかった。

「こんな暑いとこにおったら汗かくだけやで、西瓜（すいか）でも食べません？　大家さんにもろたやつがあるんさ」

「おおきんな。せやけど、ここで蟬の声を聴いとりたいんで」

「蟬の声を？」

「ええ」

「変わっとるな」

コナベはクスっと笑った。

小津は黙って笑みを返した。

「ほんなら気ぃ付けて帰っておくんない」

コナベはそう言うと再び人力車に乗って、下宿のほうに向かっていった。

人力車が過ぎ去った後、小津はコナベが尻に敷いたハンカチを取り忘れたことに気づいた。このまま置いといても誰も盗まないとは思うが、ちょうどいい具合に赤桶のほうから定吉が歩いてきた。

「定吉」

小津が手招きして定吉を呼び寄せると、「どこ行くんや?」と訊いた。

「哲ちゃんとこです」

哲夫が小津の下宿に定吉を連れてきて以来、よく哲夫の家にやってくるようになっていた。

「ほな、ちょうどええわ、渡辺先生の下宿に寄って、これを渡してきてくれ」

と定吉にハンカチを渡した。

「はいッ」

事情はよく分からないが、定吉はおーづせんせいから用事を頼まれたことが嬉しかった。

定吉はハンカチを受け取ると、理由も訊かず急いで駆けていった。

定吉がコナベの下宿先にやってくると、二階から転がるようにして彼女が下りてきた。

「おーづせんせいから頼まれて、持ってきました」

と言って定吉がハンカチを渡すと、コナベの喜々とした顔がみるみる不機嫌になった。

お礼を言われるのかと思ったら、どうもそんな雰囲気ではないようだ。

重苦しい空気に耐えられなくなった定吉が一礼して立ち去ろうとすると、

「おーづはもうバスに乗ったんか？」

コナベが呼び捨てにした。

なにやら呪いのような声だった。

「……バス停におります」

恐ろしげに定吉は答えた。

コナベはハンカチを奪い取ると、定吉にねぎらいの言葉もかけず、二階へ駆け上がっていった。

大人というものはよく分からないものだと定吉は思った。

忘れ物を届けてもらって、どうしてこんなに不機嫌になるのかさっぱり理解できなかった。理解できなかったがゆえに、この日の思い出は後々まで彼の脳裏に刻まれた。

コナベがまたジュンサと喧嘩して別れたという噂が流れたのは、それからしばらく経ってのことだった。


小津は五か月ぶりに松阪に帰ってきた。

彼は松阪停車場に着くなり、まっすぐ神楽座に向かった。

カツドーを観るのは久しぶりだった。

観終わって外に出ると、もう陽が沈みかけていた。

家に帰る道すがら愛宕町の路地を覗くと、貸座敷のそこかしこの軒先に紅緋色の灯りがともり、空の薄暮色と溶け合って色街を妖艶に浮かび上がらせていた。

往来には所在なげにお茶を挽く娼妓や顴骨の張った客引きの老女が立ち、遠く二階の窓からは客と戯れる女の嬌声がかすかに聞こえてきた。

ぼんやり佇んでいると、顔見知りの娼妓が声をかけてきた。

「久しぶりやなぁ」

小津は我に返った。

「なっとしたん？」

娼妓は不思議そうに訊いた。

五か月ほど田舎暮らしをしていた小津の目には、この界隈が見知らぬ色街のように映っていたのだ。

「いや、別に……」

小津は曖昧に微笑んだ。

「宮前村で小学校の先生しとるんやて？」

小津は軽く頷いた。

娼妓は小津の就職先を知っていた。この界隈で、肥料問屋の小津商店を知らない者はない。小津の噂も、隣近所から聞き及ぶことがあったのだろう。

「久しぶりに見たら、なんや顔変わったな」娼妓は言った。

「そうか?」

「うん、しっかり学校の先生の顔になっとるわ」

中学時代の小津を見知っている娼妓は、彼のバンカラだった顔つきが影をひそめ、大人びた顔立ちになっていると感じたようだ。

小津は黙って微笑んだ。

「あ、そや、さっきお父さん見たに」

「へぇ……」

「へぇって、なんやの、もっと喜びないさ」

娼妓が可笑しそうに笑った。

小津は父が東京から帰ることを事前に聞いて、それに合わせて帰省したわけではなかったが、お盆ということもあり、信心深い父が帰ってきているのは意外ではなかった。

「これだけそろって食事するのは半年ぶりやろか?」

嬉しそうな顔であさゑが言った。

寅之助を上座に、長男新一、安二郎と四歳の弟信三が、その向かい側には十五歳の長女登貴と十一歳の次女登久、そしてあさゑが食卓を囲んでいる。

「そんなになるか？」

寅之助が思い出すように言った。

「五か月ぶりとちゃいます？」

新一が飯を頬張りながら答えた。

「あぁ、それぐらいだな」

寅之助が合点した。

「お代わりはいかがです？」とあさゑ。

「いや、もういい、ごちそうさま」

寅之助は箸をおくと、両手を膝にそろえ一礼した。

「安さんは？」

「いただきます」

小津は茶碗を差し出した。

あさゑは茶碗を受け取りながら、寅之助に目をやり、「お疲れですか？」と心配そうに訊いた。

「ああ、ちょっとな。やっぱり東京と松阪は……近くはないな」

遠い、と言わなかったのはこの二重生活を自分で決めた寅之助なりの意地だろう。

寅之助は一つ大欠伸をすると、充血した目をこすりながら足を崩した。

この時代、東京、名古屋間でも汽車で九時間かかった。そこからさらまた松阪まで乗り継げば、里帰りに半日ほどかかる。交通費も馬鹿にならない。

当時、「賃金」と呼ばれていた運賃は、東京から名古屋までで四円四十九銭。今のお金でいえば一万七千円ほどだろう。松阪までとなると二万円ほどになり、往復ともなれば大変な出費になる。自分で決めたことながら、寅之助にとって年に何度も松阪に帰るのはなかなかの苦行だった。

「お父さまだけが東京におるのはようないと思います。家族そろうて東京におらんと」

と登貴が言う。

「うちもそう思います」

次女の登久が続いた。

小津は会話に入らず、黙々と食事をしている。

「そんなことは分かっている。松阪に引っ越したのはお前たちを思ってのことだ」

寅之助の言う通り、松阪に引っ越しをしたのは悪化する東京の環境から子どもたちを守るためだった。しかし、それはもう十年前のことで、今では登久のぜんそくも収まっている。

「お気持ちは有難いですけど……」と登貴が言った。「お父さまのお身体も大切やから」

娘が自分の身を案じてくれるのは嬉しいが、寅之助は果たしてこの先どうすればいいのかまだ決めかねていた。

確かにいつまでもこの二重生活を続けていくことは無理だと、この疲れた身体が教えてくれている。

しかし、だからといって選択肢がそうあるわけではない。

一家そろって東京に戻るか、それとも東京の店は実質人に任せ、みんなと一緒に松阪で暮らすしかないのだ。

長男の新一は家業を継ぐつもりはないようだ。

もちろん、新一に家業を継ぐよう勧めることも父親としてできないわけではなかったが、前述したように時代が大きく変わり始め、海外からの安価な肥料が出回るようになった今、自分と同じ気苦労を息子にさせるのは気が進まなかった。

考えあぐねているうちに、いずれ家業は自分の代で畳み、余生は松阪で暮らしたいと気持ちが傾くようになった。とはいえ、それはもう少し先のことだと寅之助は思っている。

実は寅之助は引退後、松阪で暮らすことを考え、地元に住む兄に新たな土地を探してもらっていた。もし彼がこのとき松阪で暮らすことを選んでいたとしたら、小津安二郎のその後の人生も大きく変わっていたかもしれない。

いや、それでも小津は結局、東京に出て映画監督になったという見方はもちろんあるだろう。

しかし、それはその後の映画監督としての彼の活躍ぶりを念頭に置いて想像しているからであり、父親の権限が絶対的だった当時、東京行きが叶えられたかどうかは断定できないだろう。

現在は閉館となっているが「小津安二郎青春館」という資料館が設置されていた場所に、小津の自宅はあった。

縁側に面した庭には当時のまま蜜柑の木が植わっている。小津はこの縁側に座って、煙草を吸いながら庭に伸びた蜜柑の木を眺めるのが好きだった。

一本目の煙草を吸い終ろうとしたとき、奥から寅之助が渦巻き型の蚊取り線香を持って現れた。

明治二十八年（一八九五）に作られた渦巻き型の蚊取り線香は、この頃にはもう夏には欠かせないものとなっていた。

寅之助が小津と並んで縁側に腰を下ろすと、浴衣の懐から煙草を取り出し、蜜柑の木を眺めながら紫煙をくゆらせた。

「大きくなったな……」

寅之助が言った。

「大きなりましたね」

「あぁ、ずいぶんと大きくなった……」

小津が九歳で東京から来た頃に比べると、蜜柑の木はずいぶんと伸びていた。

「で、どうだ」

「はい？」

「学校のほうは」

「なんとかやってます」

「なんとかやってますか、頼りない返事だな……気に入らないのか教師が」

「いえ……教師はやり甲斐のある仕事や思います」

「うむ」寅之助が言った。「……中学を出てから受験に二つ失敗して、どうにか代用教員になれたんだ。ここは一つ精進しないとな」

小津は答えず、煙草をもみ消すと二本目を取り出した。

「……なんでわざと落ちた」

寅之助がふいに訊いた。

小津は煙草に火を点ける手を止め、寅之助の横顔を見た。

寅之助は、彼が試験にわざと落ちたと思っている。

「実力がなかっただけです」

「そうか……」

「はい」

寅之助は、それ以上問い詰めなかった。

二人とも蜜柑の木を眺めながら煙草を燻らせている。

「私のことより、登貴が言うてたこと、お考えになってはどうですか」小津が話題を変えた。「このまま二重生活を続けていたら、いつか身体を壊しますよ」

「お前は東京に戻りたいのか？」

小津は答えなかった。

「どうした？」

「ぼくは東京で家族一緒に暮らしたいと思てます」

寅之助は黙ったままだった。

小津の言葉は、もちろん父の身体を労ってのことだ。しかし、それだけではない。彼は将来、カツドーの仕事に関わりたいと思っている。

教師になった今でも、その気持ちに変わりはない。東京に戻ったからといって夢が叶うとは限らないが、少なくともこの松阪にいる以上、いや今は松阪どころか、山あいの村に住んでいる限りどうしようもない。

寅之助は、息子が小学校の教師になったことに安堵したが、カツドーに夢中になる気持ちに変わりがないことを感じ取っていた。

寅之助は、息子が自分とは性格が似ていないと思っている。安二郎は祖父似なのだ。

祖父である五代目小津新七は深川に住み、粋な深川文化を愛した文化人でもあった。深川には芸者が多く住み、歌舞音曲を教える師匠が住み、四世市川團十郎、三世阪東三津五郎、四世中村歌右衛門といった歌舞伎役者たちが住んでいた。新七は歌舞伎役者たちと交流し、錦絵をたくさん蒐集していた。

新七は小津が二歳のときに亡くなっているので直接影響を受けたわけではないが、芸事を好む気質は祖父譲りといっていいだろう。

いずれにせよ、寅之助は父とも息子とも性格が違っていた。

「わしは今の仕事を辞めたら、松阪でお前たちと一緒に暮らそうと思っている」

このときの寅之助の気持ちの有り様は、自伝的意味合いの強い映画『父ありき』の中に色濃く反映されているように思われる。

『父ありき』は元教師の堀川と、その息子良平の関係を描いた作品である。

妻に先立たれ、男手一つで息子を育ててきた父は、今は故郷長野に戻って村役場で働いている。

いっぽう、息子は秋田の学校で教師になっている。

以下、『父ありき』の中で、父親が息子に語る言葉を一部引用してみよう。

「……どんな仕事だっていい、いったん与えられた以上は天職だと思わないといかん、人間はみな分がある。その分はどこまでも尽くさにゃいかん……私情は許されんのだ。やれるだけやんなさい。どこまでもやりとげなさい。そりゃ仕事だ、辛いこともある。『一苦一楽相練磨し、練極って福を成す者はその福始めて久し』だ（略）我は捨てんけりゃいかん。そんなのんきな気持ちでは仕事はできないぞ。ましてお前のは遣り甲斐のある立派な仕事だ」

一緒に暮らしたいと願う息子良平に対し、父が語る言葉。そして息子が就いた教師という仕事に対しての父の思い。それは寅之助の仕事観や息子安二郎に対する思いと重なるようだ。

「……母さんから聞いたぞ」寅之助が小津に目を向けた。「まだカツドーに興味があるそうだな」

小津は答えなかった。

「わしは反対だ」寅之助は言った。「カツドーは風俗だ、ためにならん、若者を堕落させるだけだ」

「そうでしょうか？」

小津の声が少し強張った。

「そうだろ」

「『シヴィリゼーション』をご覧になったことありますか」

寅之助はわずかに首を横に振った。

「五年前に観て、今も忘れられません……カツドーが、こんなに人を感動させるものとは思いませんでした」

寅之助はしばらく黙っていたが、灰皿に煙草をもみ消すと、

「自分もその世界で食えると思っているのか？」と訊いた。

小津は押し黙った。

「うちは肥料を扱っている。けっして目立つもんじゃない。しかし美味い米や野菜を作るには欠かせないものだ。大変なご時世には、こういう仕事こそ他人様のためになる……カツドーは観て楽しむだけでいい」

「……」

「自分の身の丈を知りなさい」

寅之助はそう言うと、小津の肩に手をやり寝室へと去っていった。

観ているだけでは我慢できない衝動が、心の奥底から湧き上がってくるから苦しいのだということを、謹厳実直な寅之助には理解できなかった。しかし、彼が頑迷で息子を理解しようとしていなかったとは一概に言えない。たとえ見当違いであったとしても、多くの親がそうであるように、寅之助も真摯に息子の将来を案じていたのだ。

寅之助が去った後、小津は再び庭に目を移すと、しばらく蜜柑の木を眺めていた。

薄暗闇の中、庭には蜜柑の芳香がほのかに漂っていた。


十六日の精霊送りをすませると、寅之助は東京に戻っていった。

小津は時間を見つけては神楽座に通い続け、貪（むさぼ）るようにカツドーを観た。

彼が宮前村に戻ったのは、帰宅してから一週間後のことだった。

村に戻ると、さっそく小学校に出勤し、子どもたちの宿題の進捗状況を確かめた。彼らは親の手伝いにせよ、遊びにせよ、毎日のように炎天下を駆け回っていたのだろう。みな日焼けして褐色の顔になっていた。

小津は午前中に仕事が終わると、一度下宿に戻ってから、土産物を手に「千代店」に向かった。

小窓の向こうに、いとゑが座っていた。

「お帰んなさい」

いとゑが、この日を待ちかねていたかのように小窓を開けた。

「ただいま」

と言って、小津は子どもの頃よく食べていたさわ餅を手渡した。

「うちに？」

小津が頷いた。

「おおきに……」

松阪に行ってからも自分のことを忘れずにいてくれたことが、いとゑにはなによりも嬉しかった。知り合って五か月になるというのに、いとゑはまだ小津としゃべるとかしこまってしまう。馴れ馴れしい言葉遣いはできなかった。しかしそれが窮屈だとは思わない。いとゑにとって、経験したことのないときめきと緊張感は心地よいものだった。

小津がお盆帰りをしたのは一週間ほどだったが、彼女にはとても長く感じられた。

宮前村にいるときも一週間ほど店にやってこないときはあったが、彼がこの村にいるというだけで安心した。

「なっとしたん？」

先ほどから、いとゑが小津の顔をじっと見つめたままでいる。

いとゑは首を横に振った。彼女は、小津が松阪に帰省すると聞いたとき、なぜかもう二度と帰ってこないような気がしたのだ。

小津はこの村で小学校の教師をしているのだから、そんなわけはないのだが、なぜか不安になった。けれど、今小窓の向こうで小津がはにかむように笑っている。その顔を見て、彼女はようやく胸を撫でおろした。

宮前村に帰ってから補習を再開したが、夏休み中にあった二度の登校日が済むと小津にもようやく時間的な余裕が生まれた。八月最後の日曜、小津はオッサンとヒョウタンから釣りに誘われた。二人も首を長くして小津の帰りを待っていたようだった。

日曜日――

オッサンが日ごろから、わしは晴れ男やと自慢していた通り、この日はあっぱれな快晴だった。澄み切った川面が太陽に反射してキラキラ瞬いている。

ちなみに大正十一年（一九二二）八月の平均気温は東京でも三十二・二度と記録されている。山間部の宮前村では平均気温はさらに二度近く低かっただろう。夏といっても猛暑日とはまだ縁遠い時代だった。

三人が申し合わせたように距離を置き、気に入った岩場に腰を下ろし、釣り糸を垂れている。

小津は十字絣の白の浴衣（ゆかた）に麦わら帽子を被り、履き慣れた桐の下駄を突っかけている。彼の釣り竿にはなかなか当たりが来なかった。

狙いはアマゴだ。アマゴは塩焼きにするのが一番美味い。彼らは獲れたアマゴをその場で焼いて食べようと、河原に小さな七輪を持ち込んでいた。

「また釣れた！」オッサンがヒョウタンに声をかけると、彼も負けじと「ぼくもや！」と答えた。

二人とも上機嫌だ。

「どうや？　おーづ先生は」

自慢げにオッサンが訊いた。

「相変わらずボウズです」

「坊主はこのわしや」

オッサンが下らない冗談を言って哄笑した。

この日はどういうわけか、オッサンとヒョウタンに当たりがよく来た。不思議なもので、近くで釣っていても、人によって釣果は違う。腕の違いだと言う者もいるが、それだけではないだろう。彼らの場合、釣りの神様である恵比寿様が、最近ツイてないオッサンとヒョウタンに同情を寄せて、味方してくれているのかもしれない。

蟬が夏を惜しむかのように競って鳴いている。

小津が汗ばんだ身体を麦わら帽子で扇（あお）いでいたら、後ろから声がした。

「おーづせんせい！」

振り返ると、和助と正治が手を振って駆け寄ってきた。

「おうッ」

小津が微笑んだ。

和助は小津が弟をおんぶして授業してくれて以来、彼を慕っていた。和助は五年男組の本校組だったが、哲夫の仲間と連れ合うこともなく、唯一の友達といっていい正治といつも一緒だった。

「おーづせんせい、釣れた？」

和助が無邪気に訊いた。

「いや、さっぱりや」

「わいら横におって応援するわッ」

「そや、二人で応援や」

普段、無口な正治が口を開いた。

「応援はええから、お前らも釣りせえ」

「釣り竿持ってません」

和助が答えた。

「ほんなら手づかみでええから、なんか獲ってこい」

「なんかて？」

和助が訊いた。

小津は少し思案したような顔で「そやな……」と声を潜めた。「内緒やぞ」

「内緒？」

和助と正治が顔を寄せた。

小津がもっともらしく頷いた。

「実はな、この間、あの辺りの浅瀬の岩場の間に見たこともない大きな生きもんを見つけたんや」

「大きな生きもん？」

和助の目が大きくなった。

小津がもう一度頷いた。「じっと目を凝らしたら、向こうの岩陰からこちらのほうをじっと見とるんや」

「目が合うたん？」

「合うた、いや睨み返してきた」

「睨み返してきた？」

和助が驚いた。

「あァ、そしたら、突然水面からぬっとなにやら浮かび上がってきてな、よう見たら手や。しかも水かきのある手やった」

「ええッ」

今度は正治が驚いた。

「色は……そう、黒みがかった緑色やったなァ」

小津は思い出すように空を仰いだ。

和助と正治は、ごくりと唾を飲み込んだ。

忙しく鳴いていた蝉がピタリと鳴き止んだ。

「髪の毛は川にゆらゆらと揺れて、頭のてっぺんには皿が乗っとって、少し苔が生えとったな……」

「おーづせんせい！　そ、そ、そ、それ河童や！　河童やに！」

和助が悲鳴のような声を上げた。

「そや河童や！」

正治も興奮が抑えられない様子だ。

「そうか、やっぱり河童か……」

小津が神妙な顔つきで答えた。

「河童がこの川におるんやッ」

和助の驚きは感動に変わり、岩場から川を見下ろした。

「えらいこっちゃ！」

正治も普段の大人しさはどこへやら、目の色が変わっている。

「わい、河童獲りたい！」和助が喜々として言うと、「わいもや！」正治も負けじと手を挙げた。

「よし獲ってこいッ、ただし深いところには行くなよ、先生が見えるところで探せ！」

「はい！　おい、マサ行くぞ！」

和助は急いで駆けだした。

「待ってやッ」

正治が後を追いかけた。

「おい、この話は親には言うたらアカンぞ」

小津が二人の背中に声をかけた。

和助が足を止め、振り返った。

「なんで？」

「河童は子どもにしか見えん。大人に言うたらバカにされるだけや」

小津は神妙な顔をつくった。

「そうか……」和助は大いに合点した。「分かった。絶対言わへんわ！」

そう言うと、正治を連れて急いで浅瀬に入っていった。

「おいコラ、川に入ったら魚逃げてしまうやろッ」

オッサンが離れた岩場から注意したが、和助たちはかまわず川に入っていく。小津が可笑しそうにしている。ヒョウタンは、先ほどから小津の話を聞いて苦笑している。

「和助」

後ろから正治が呼んだ。

「なんや？」

和助が振り向くと、正治は我に返ったように真顔になっている。

「なんかおかしないか？」

「なにがおかしいんや」

「河童は子どもしか見えんのに、なんでおーづせんせいには見えるんや？」

「あッ！」

和助が呆けたような顔になった。

騙されたと思った和助と正治が、そろって小津を睨みつけた。

「おーづせんせい！」

小津は悪戯がバレた子どものように舌を出した。

第九章　秋雨

二学期が始まると、朝晩に秋の気配が感じられるようになった。

この時代、季節の変わり目は時計で計ったかのように律儀にやってきた。残暑といっても穏やかなもので、九月の平均気温は二十四度前後になり、一気に過ごしやすくなる。

この年は雨が多かった。

子どもたちは相変わらず雨が降ると「カツドーの話をして！」とせがんでは、小津から「まだ朝や」と叱られている。

子どもたちが一番楽しみにしている体操は雨の日以外、五、六年男組が合同で行なうことになっていて、小津が受け持っていた。

小津は得意だった柔道を、裁縫室の畳の部屋を使って教えることにした。彼はいっさい手加減しなかった。子どもたちが束になってかかっても小津には敵（かな）わないが、哲夫と源太だけは何度投げられても向かっていく。

二人とも小津と組み手をしているというより、自分は根性があるのだということを誇示し合っているかのようだった。

校庭ではよく野球をやった。

肝心の野球道具が学校にないため、ボールは手毬（てまり）を使い、バットは器用な子どもが自ら木の棒を削って作った。ベースは地面に四角を書いて目印にしただけだが、みんなで知恵を出し合えばなんとかなるものだ。試合は守備だけでも大変な人数になり、なかなかヒットが出ないが、それでも守備を抜くほどの会心の当たりがあると、真っ先に歓声を上げるのは審判の小津だった。

「ホームランや！　ひと回りして帰ってこい！」

野球が好きだった小津は、教えるというより自らが楽しんだ。その高揚感が子どもたちにも伝わり、気がつけばみんな夢中になっている。

日曜になると、小津は子どもたちの案内で村内をよく散策した。

思えば、小学校と下宿の往復だけでほとんどこの土地のことを知らない。

彼は、半年近く住むようになってこの村に興味を持ち始めたのだろう。

散策がてら、花岡神社の境内で相撲をとったりもした。噂を聞きつけた村上の爺やんが、氏子の務めとばかりに現れて、箒（ほうき）を持って小津たちを追いかけ回したが、これも子どもたちにとっては楽しい思い出の一つだった。

五年女組の子どもたちの案内で「かねあな」と呼ばれた洞窟にも行った。

入り口は大人の背丈ほどしかないが、中に入ってみると二、三メートルほどの高さがある。小津が隊長よろしく、子どもたちを連れて、真っ暗な洞窟の中を探検する。どんどん中に入っていくと、後ろで子どもたちから恐怖の声が上がる。すると突然、小津が大声を上げて子どもたちをさらに怖がらせる。

小津が面白がって笑うと、子どもたちからいっせいに不満の声が上がる。「おーづせんせい！」とはいっても、最後はみんなで笑い合っているからたわいもない話だ。

この頃になると、小津の心境にも微妙な変化が訪れた。

松阪を恋しくないといえば嘘になるが、子どもたちと学び、遊んでいるこの時間が愛おしく感じられるようになってきたのだ。

仕事が終わって、下宿に帰り、寝る前に思い浮べるのは子どもたちのことだった。個性的な教師たちとの付き合いも捨てがたい。なによりこの村には初恋の人がいる。告白したわけではないが、気持ちは伝わっていると信じている。

いつの間にか、この村で自由気ままに教師暮らしを続けるのも悪くはないと思うようになっていた。それは自分でも意外な気持ちの変わりようだった。

「ちょっと神社に来い」

下校時、定吉は花岡神社の前まで来ると、一緒に歩いていた武一に声をかけられた。

不機嫌な声だった。武一を先導させて歩いている源太も機嫌が悪そうだ。

定吉は嫌な予感がした。夏休み中、源太たちから誘われてもほとんど断り続けていたから、いつか文句を言われると思っていた。

しかしそうは思いながらも、二学期に入ってから相変わらず登下校は源太たちと一緒だったし、この一週間、源太たちの態度に特に変わったところはなかった。

夏休みに哲夫と遊んでいたことは、源太たちは知らないはずだった。

それに二学期が始まると、夏休みのときのように哲夫が親しく話しかけてくることもなくなったから、怪しまれるはずはないと思っていた。

前を歩く武一と後ろにいる源太にはさまれて、定吉は緊張した。

神社に入ると、玉砂利を踏む音が不気味に響いた。

武一がクルッと振り返ると、険のある目つきで定吉を睨んだ。

「わじょはどういうつもりや」

「どうって?」

「ウソたれが、分かっとるやろッ」

武一が今にも殴りかからんばかりに、定吉の顔の前に迫った。

後ろでは源太がじっと睨んでいた。先ほどから彼はずっと黙ったままでいる。なにを考えているのか分からない。定吉にとってはそれが逆に怖かった。

「わじょは、わいらと一緒におるんが嫌なんか?」

「そんなことないけど」

定吉の声が少し震えた。

「ウソこくな！　この夏休み中、哲としょっちゅう遊んどったやろ！」

バレることはないと高をくくっていたが、やはりこういう話はどこからか伝わるものだ。

「なんで黙っとるんや！　なんか言えや！」

武一が興奮してさらにまくし立てた。「これは裏切りや。わいが忍者やったら、掟を破ったわじょは処刑されとるぞッ」

武一と忍者はどう考えても関係ないが、彼は忍者の掟を持ち出した。

「掟破りの裏切りもんが」武一がいきり立った。

定吉は押し黙った。

武一は定吉の胸倉を掴み、

「わじょは哲のこと好きなんか？」

定吉は殴られると思い、思わず目をつぶった。

「もうええ、こんなやつ放っとけ」

後ろから源太の声がした。

振り上げられた武一の右手が止まった。

定吉が恐るおそる振り返ると、源太は不機嫌というよりなぜか冷めた眼差しでこちらを見ていた。

「源ちゃん、ほんでも……」

武一は不服そうだ。

しかし源太は「帰るぞ」と言うや、興味なさそうに境内から出ていってしまった。

武一が消化不良のような顔をして定吉を睨んだ。

「ほんまに、ごうわくの」

武一はそう捨て台詞を吐くと、胸倉を摑んだ手を乱暴に押し出して、源太の後を追いかけた。

定吉は殴られなくてホッとしたが、それ以上に先ほどの源太の態度が気になった。本来なら、こういうことは源太が率先するはずだ。

ところが、その彼が定吉に興味を失ったかのような顔つきをしていた。

妙な気持ちだった。

定吉は、叩かれたわけでもないのに、みぞおちに疼くような痛みを覚えた。


「いやいや、お二人は本当にお似合いだ」

と満面の笑みを浮かべたのはロマンだった。

その週の日曜日、角屋旅館の一室で見合いの席が設けられ、ロマンは仲人として出席していた。

当時は、子どもが年頃になると親は見合い写真をこしらえ、仲人に結婚相手を紹介してもらう、いわゆる見合い結婚が主流だった。

互いに写真を見て、気に入ったら見合いの席をもうけるわけだが、この時代は本人の気持ちより
も親の意思が尊重された。
　今では考えらないが、明治三十一年（一八九八）に定められた民法では、結婚に際し、戸主、つ
まり家長の同意がなければ結婚は認められなかった。もちろん、恋愛結婚を貫いて家長を説き伏せ
る男女もいなかったわけではないが、それはまだ稀なケースで、仕事も結婚も親の意思がなにより
も重んじられた時代だった。
　見合いの進行役であるロマン夫妻が、上座に座っている。
　前述したように、ロマンの女房は村の素封家の娘で、性格は穏やかで口数の少ない女だった。笑
みを絶やさず座を和ませている。それでも両家の家族は、見合いの席ということもあり緊張してい
るようだった。
「まずは、ご両家のお気持ちだけでもこの場で確認しておいたほうがいいでしょう」
　ロマンが、双方の気持ちを解きほぐすように話しかけた。
　三輪家の長男拓蔵は、目の前に座っている見合い相手の女性に一目惚れの様子だった。
「お見合い写真もお綺麗やったけど、実物はもっと素敵です」
　拓蔵は、うわずった声で自分の気持ちを伝えた。
　息子の嫁探しに熱心な父も、援護射撃のように「ほんまにその通りやな」と感嘆し、拓蔵の母も
ダメ押しとばかり「ホンマやな」と後に続く。この結婚を成就させたいという、三輪家の並々なら

ぬ気持ちが伝わってくる。

父親なら、自分の娘を褒められて悪い気はしない。

娘の父親である栄太郎は返歌とばかり、

「いやいや、拓蔵さんもえらい男前や」

高調子で答えた。

「まったく、美男美女とはお二人のことです」

ロマンがまとめ役の任を果たすように頷いた。

ロマン夫妻も両家も、みな幸せそうに微笑んでいる、ただ一人を除いては。

いとゑだけは、この席に着いてからまだ一度も笑顔を見せていなかった。

緊張しているわけではない。見合い話を勝手に進められて、ずっと気が重かったのだ。

以前から彼女の縁談話は何度か出ていたが、実際にこうして見合いの席に座るのは初めてのことだった。

いとゑの母つや子が「ほら、お料理をいただきなさい」といとゑに促しても、頷くだけでなかなか箸を進めようとしない。彼女なりのささやかな抵抗なのだろう。

ようやく料理を口に運んだのは、みんなが一皿目の料理を食べ終えた頃だった。

ロマンも両家の家族もなにやら楽しげにしゃべっているが、いとゑの耳には入らなかった。

彼女はちょうど二週間前、この角屋旅館の二階で秋雨を聴きながら、小津と落ち鮎のうま煮を食べたことを思い出していた。今、目の前に出されている料理よりも数倍美味しく感じられた。料理の味を最初に決めるのは、誰と食べるかだ。

食べ終わった後、いとゑは小津と二人で障子窓から秋雨をずっと眺めていた。幸せな時間だった。あのときの雨音は、今もいとゑの耳の奥底にひっそりと残っている。

部屋では、相変わらず朗々とロマンがしゃべり続けていた。

「私はいとちゃんのお父さんとは幼友達で、子どもの頃からよく遊んだものです。人柄についてはこの私が保証します。いとちゃんについては村で評判の才色兼備な女性ですから、私からわざわざ申し上げるまでもないでしょう。いっぽう拓蔵君は私の従兄弟の子どもで、小さい頃から可愛がっていましてね、カブトムシの捕り方を教えたのも私なんですよ、でしょ？」

「はい、叔父さんには子どもの頃から可愛がってもらいました」拓蔵が答えた。

「いとゑさん、うちの拓蔵はあんたの写真を見たときから一目惚れなんさ。夜も日もない有り様で困っとるんさ」と拓蔵の父が場を和らげるように、わざとくだけて言った。「おかげで寝不足で目にクマつくってしもてな、普段はもうちょっと二枚目なんやけどな」

「父さん」

拓蔵が迷惑そうな表情を浮かべた。

「いとちゃん、女の幸せは愛することより愛されることです。いとちゃんは本当に幸せな女性です」

とロマンは言った。

「よかったな、いとゑ」

栄太郎も満足そうだ。

「では、ご両家とも前向きに話を進めるということでよろしいですかな？」

畳み込むようにロマンが話を進めた。

「何卒よろしゅうお願いいたします」

両家の家族は恭しく一礼した。

「いとちゃんも、それでよろしいかな？」

ロマンが念のために確認したが、これがまずかった。

いとゑは、答えず下を向いてしまった。

「きちんと返事せんと失礼やに」

つや子がたしなめた。

「すみません、ちょっと緊張しとるみたいで――」

栄太郎が取り繕おうとしたとき、いとゑがなにか言ったようだった。しかし声が小さかったため
よく聞こえない。

「なんです？」

ロマンが訊き直した。

「……身体がえらいです」

今度は誰の耳にもはっきりと聞こえた。

この辺りでは身体が辛いことを、「えらい」と表現する。

「えらい？」

ロマンがキョトンとなった。

「体調が悪いんか？」

つや子が訊いた。

いとゑは首を横に振った。

「緊張しとんのか？」

今度は栄太郎が訊いた。

いとゑはまた首を振った。

ロマンと両家族が戸惑ったように顔を見合わせた。

体調は悪くない。緊張しているわけでもない。ということは、どうやらいとゑにとってはこの見合い自体が辛いらしい。誰もが予想していなかった展開だった。

三輪家の家族が口を半開きにしたまま固まっている。

沈鬱な空気を一掃するように、栄太郎が突然笑い声を上げた。

「この子は子どもん頃からこうなんさ。嬉しいときに限ってこんなふうに言うんやに」

周りからお追従の弱々しい笑い声が漏れ、かえってこの場を白けさせた。

あとは長いお通夜のような時間が流れるだけだった。


見合いが終わり帰宅すると、いとゑはそのまま居間に連れていかれた。

つや子と栄太郎が腰を下ろすと、いとゑを睨みつけた。

ロマンは縁側を背にして胡坐をかき、行司のように双方の真ん中に座っている。

見合い後、心配して家までついてきたのだ。

「どういうつもりや？」つや子が不機嫌に口を開いた。「親に恥かかすつもりか？」

「そや、ここまで話を進めてきたのに、なんやあの態度は」と栄太郎。

「私は進めてくれとは言うてません」

「こういうことは親に任せといたらええんやッ」

いとゑはぐっと唇を嚙みしめた。

「なんや？　なんか言いたいことがあるんか？」

険のある声でつや子が訊いた。

「黙っとったら分からへんやろ」

栄太郎が追い打ちをかける。

「私の気持ちはどうでもええの？」

いとゑが初めて顔を上げて答えた。

「え？」

つや子も栄太郎も驚いた。

いとゑがこれほど正直に自分の気持ちを親に訴えることなど、一度もなかったからだ。

しかし、一番驚いたのはいとゑ自身だったろう。今まで心の奥底にこんな自分が潜んでいたとは思いもよらなかったに違いない。親に自分の意思をこれほどはっきりと言ったのは初めてのことだった。

「なにアホなこと言うてるんや。気持ちみたいなもんは縁談が決まったら後からついてくるもんや。こんなええ縁談断ってどないするんやッ」

つや子の顔がだんだん紅潮してきた。

「お相手は立派な警察官やに？　いったいなにが気に入らんのや」と栄太郎。

「私はあの男性のこと全然知らんし」

いとゑはまた下を向いてしまった。

「当たり前や、そやでお見合いしたんやろ」

「なんや、相手が気に入らんのか？」

当惑したように栄太郎が訊いた。

いとゑは頷いた。

「初めは誰でもそういうもんやに。私かておとやんと見合いしたときは、最初全然気に入らんだんやで？　それでも結婚したら、こんな人でも一つくらいはええとこがあってな、今日までなんとか付いてきたんやに。ええか、いとゑ、結婚は勢いや。流れてく舟に川岸から飛び乗るようなもんや。ひょいと飛び乗って上手く乗れたら万々歳、私みたいに足滑らして川にドボンとはまったような結婚も、またよしや」

「ちょと待て、それはどういう意味や」

栄太郎が気色ばむ。

「たとえやんか」

「たとえが悪過ぎるやろ」

「お見合いの心得を諭してるだけやろ」

つや子もむきになる。

「わしと結婚するのがそんなに嫌やったんか？」

「そんなこと言うてないやんかッ」

「今言うたやないか！」

「あの、ちょっとお二人、落ち着いて。今、いとちゃんの縁談話しているところですから」

ロマンが仲裁に入った。

「すんまへん」

栄太郎が我に返ったように詫びた。

ロマンはここに来たことを後悔し始めたが、今さら引き下がれない。仲人の立場として話をなんとかまとめたい。

彼は煙草をもみ消すと、一つ咳払いをした。

「いとちゃん、大山巌元帥と結婚した捨松の話をご存じかな？」

いとゑは首を振った。

「知らない？　なるほど。二人は幕末の時代に幕軍と賊軍の敵同士だったんですがね、明治になって二人が出逢うと大山は捨松に一目惚れして、結婚を申し込んだのです。当初、捨松は結婚することを強く拒んでいたんですがね、すったもんだの末、なんとか結ばれた。で、いざ結婚してみるとアラ不思議、人も羨むほどの夫婦となったのです。ことほど左様に結婚というものは予想不可能なものでしてね、してみなければ分からない。大切なことはご縁なのです、これもご縁、ですからまずは決断することが肝心なのです。身を捨ててこそ浮かぶ瀬もあれ、さすれば新しい未来が見えてくる、結婚とはそういうものです。わたくしも見合い結婚した当初は、正直迷いもありましたがね、結婚してみると本当に幸せで、どうしてもっと早く結婚しなかったのだろうかと後悔したくらいです。結婚して早や十五年、今も幸せいっぱいですよ」

ロマンは最後にウソを言ったが、方便だと思うようにした。とにかく、ここは力業でまとめるしかない。

しかし、彼の説得もいとゑにはむなしく響いた。

いとゑの頑なな態度は変わらない。

「なっとしたんや？」

つや子が今度は心配そうに訊いた。

どうもしない。初めて好きな人ができたから見合いなどしたくないだけだ。しかし、それを口にはできない。だから彼女は黙るしかなかった。

つや子は憮然(ぶぜん)とし、栄太郎は頭を掻き、ロマンはため息をついた。そしてもう話が尽きてしまったかのように、みんな黙り込んでしまった。

かすかな雨音に気づいて、ロマンは縁側を振り返った。

日差しの中、いつの間にか忍ぶように小雨が降っていた。お天気雨だった。

「雨が降ってるんだ……」

ロマンが独りごちた。

つや子は不機嫌なままの顔を縁側に向けた。栄太郎もお付き合いのように縁側を眺めた。

いとゑはかすかな雨音を聴きながら、二週間前のことをまた思い出していた。

日照雨(そばえ)で濡れた、庭から漂う湿った土の匂いが、ロマンの鼻腔をくすぐった。

「狐(きつね)のほうは無事に嫁入りできたみたいですな……」

ロマンがボソリと呟いた。

第十章　花岡座

「座員一同、また花岡座で芝居をやらせてもらうことになりまして、ほんまに感謝しとります」

井上家の応接間で、旅役者の阪東彦左衛門が畳に額をこすらんばかりに頭を下げた。

「前回は何年前やったかな?」

上座に座った材木商の井上勝次郎が、静かに煙草を燻らせながら尋ねた。長老然とした風格が、この村の有力者であることを物語っている。

「へぇ、以前に寄せてもろたのは五年前になります」

「もうそんな前やったか……」

勝次郎が遠い目をした。

「またしばらく宮前村にご厄介になりますんで、何卒よろしゅうお頼み申します」

一張羅（いっちょうら）の着物を着込んだ彦左衛門が恭しく答えた。

花岡座は、漆喰壁（しっくいかべ）に三層の屋根瓦が張り出した本格的な芝居小屋で、宮前村で材木商を営む井上家と堀内家が、村人たちのために私財を出し合って造った建物だった。そのため旅役者が興行を打つときは、この両家に挨拶に訪れるのが慣わしとなっている。

「堀内さんところにはもう行ったんか？」

「へぇ、先ほどご挨拶に」

「ほうか」

「へい」

勝次郎は座敷の卓上に置かれた、陶器の灰皿に煙草の灰をポンと落とすと「出し物はなんや？」と訊いた。

「初め五日は一谷嫩軍記、中日に勧進帳、千秋楽までの五日間は国定忠治をやろ思てます」

「国定忠治は前にもやったんとちゃうか？」

「へぇ、これはうちの十八番ですんで」

「そうか」

勝次郎は頷きながら、相好を崩した。

阪東彦左衛門と同じ名の歌舞伎役者は江戸時代中期から後期にかけていたが、今、勝次郎の前で笑みを浮かべている男は、こうした歌舞伎役者とは縁もゆかりもない。

伝え聞くところによると、もとは博打打ちだったが、食いつめて難儀していたところ、ある一座に拾われ、役者として難波の角座で舞台を踏むまでになったという。

その後、三十歳を機に自分の一座を立ち上げ、おもに西日本の各地を興行して回るようになった。

大正時代には舞台道具一式を大八車に乗せ、地方を回るこうした一座がいくつもあった。

　当時の旅役者の中には素性の分からぬ流れ者も少なからずいて、時に座員同士で刃傷沙汰に及ぶこともあったため、座長にはドスの利いた睨みと、役者の心を懐柔する器量が求められた。そんな修羅場を何度もくぐり抜けてきたであろう彦左衛門には、人懐っこい笑みに隠された無頼者としての凄みが感じられた。


　彦左衛門が勝次郎に挨拶をしていた頃、役者たちは花岡座で舞台つくりに精を出していた。彼らはそれが終わると楽屋に戻って化粧をほどこし、舞台衣装に着替えて小屋前に現れた。

　花岡座の前には阪東彦左衛門一座と染められた五本の幟が風にはためいている。

　旅役者の古株が「ほな、行くで」と声をかけると、宣伝隊の役者たちが鉦や三味線、横笛などを奏ではじめ、村の辻々を練り歩いていった。

「宮前村のみなさま、阪東彦左衛門一座でございます」

「ごめんやす、旦那。どうぞご贔屓に」

「阪東彦左衛門一座をよろしく」

　役者たちが調子のいい掛け声で、行き交う村人にビラを配っている。

「兄さん、今夜からか？」

　表に出た奈良屋の女将が役者に声をかける。

彼らは軒先の板壁を拝借して、一色刷りのチラシを貼りつけている。

「いや、日曜からですわ、お待ちしてまっせ」

「なにやんの？」

「勧進帳に国定忠治、なんでもありですわ」と笑った。「チラシ貼らせてもらうんで、女将さんはロハでよろしいわ」

ロハとは、ロを書いてハ。つまり只（ただ）という意味だ。

「おおきんな、ほな初日に観に行くわ」

女将は歯茎が飛び出すほどの笑顔になった。

村にお囃子（はやし）が聴こえるのはめったにないことだから、いつもと違って村じゅうが華やかになる。物珍しげに役者の後をついて歩く学校帰りの子どもたちもいれば、ビラをもらって家に走る子もいる。


「なんか賑やかやな……」

小津は煙草屋「千代店」の店先で、お囃子が聴こえてくるほうを振り返った。

「芝居の一座が来とるんさ」

窓口に座ったいとゑが答えた。

二人が話をしている間も、村人たちが花岡座のほうに向かって駆けていく。

「宮前の人たち、ずっと楽しみにしとったから」

　そう言いながら、いとゑは小津にいつものエアーシップを渡した。

「小屋の中はどんな感じなんやろ……」

「入ったことあらへんのですか？」

　いとゑが意外そうに尋ねた。

　小津は頷いた。

　前を通ることがあっても、小津はこれまで一度も入ったことがなかったのだ。

　千代店を後にすると、小津の足は自然と花岡座のほうに向かった。

　花岡座の前に来ると、村回りを終えた役者たちと彦左衛門がちょうど戻ってきたところだった。

　周りにはお囃子に誘われた村人たちが集まっている。

　集まった村人を前に、彦左衛門は満面の笑みを浮かべ口上を述べた。

「東西東西――、みなさま、阪東彦左衛門一座でございます。このたびご当地宮前村のみなさまにはご贔屓に与かり、厚く御礼申し上げます。しばらくの間、花岡座でお世話になります。座員一同うちそろい、みなさまのご来場をお待ちいたしております。何卒お引き立てのほど御願い奉ります！」

　彦左衛門がよく通る声で口上を述べると、役者たちが深々と頭を下げた。

「ではみなさま、お手を拝借、打ちましょッ」

彦左衛門が掛け声をかけると周囲からパンパンと二回手を打つ音がして「もう一つせー」で、また二回、さらに「祝うて三度！」パンパンパンと小気味いい音が響いた。

三本締めと違い、最後だけ三度打つのが決まりだ。

村人から拍手が湧き、再びお囃子が奏でられた。

小津は花岡座の表木戸まで近寄って、一座の演目を興味深げに眺めていた。


日曜日、芝居の初日を迎えると、久しぶりの公演ということもあってたくさんの村人が集まった。

幟も誇らしげにはためいている。

「座長、満員御礼ですわッ」

役者の一人が花岡座の楽屋に入ってきて声を上げた。

「アホ、初日のご祝儀や。お前らちょっとでも手ぇ抜いたら承知せんぞ」

彦左衛門がカツラを被りながら、役者たちに発破をかけた。

「へいッ」

化粧台の前に座った座員たちが答えた。

大入り満員も、六日を過ぎた頃には落ち着きを見せた。

小津がいとゑを誘って、花岡座にやってきたのは勧進帳に演目が変わる初日の昼だった。

村人たちの間を縫うように、小津といとゑが花岡座に向かっていく。

表木戸口でもぎりをしている座員から「へい、いらっしゃい。お二人さん？」と声がかかる。

これまで二人で釣りに出かけることはあっても、芝居見物をするのはもちろん初めてのことで、いとゑの喜びはひとしおだった。

開演までにはまだ時間はあったが、二人は待ちきれないように小屋に入っていった。

「あッ、煙草屋小町と一緒や！」

小津といとゑの様子を、少し離れた雑木林の陰から武一が見つけた。

「ふん」

傍らにいる源太が不機嫌そうに鼻を鳴らした。

「ええな……中へ入れて」

羨ましそうに武一が言った。

「おい、行くで」

「行くてどこへ行くん？」

「花岡座に決まっとるやろ」

「学校で禁止されとるやんか」

「かまへん」

「怒られるで」

「わじょは観たないのか」

「……」

「なっとするんや?」

「観たいけど——」

「ほな、ついてこい」

「ちょっと待ってさ、わい金持っとらんし」

「心配せんでも、わいも持っとらん」

自信たっぷりにそう言うと、源太は花岡座のほうに向かって駆けだした。

「源ちゃん、待って!」

慌てて武一が追いかけた。

源太と武一は、賑わいを見せる花岡座の正面を左に回って裏手に向かった。

花岡座の裏手には小さな楽屋口があり、関係者が出入りしている。とはいっても、開演前で人の気配は感じられなかった。

「あっこから入ろ」と源太
「あんなとこから入ったら怒られるに」

「アホ、怒られるかどうかやってみんと分からんやろ」

確かにそうだ。

源太がそろり裏木戸に手をかけると、簡単に開いた。二人は顔を見合わせると足音を立てず中に入っていった。

書割（かきわり）の向こう側から、役者であろう男たちの声が漏れてきた。

薄暗闇の中、源太がにんまりしている。

芝居が始まる直前、関係者のほとんどは表木戸に応援に行って手薄になっていた。そのことを源太が知っていたわけではないが、運よく二人は小屋に入ることができた。

細くて薄暗い廊下を進んでいくと、今度は観客のざわめきが聞こえてきた。

舞台袖には小道具が置いてある。源太は思わず躓（つまず）きそうになった。

吊り物や照明を上げ下げするための綱元（つなもと）の前を通り過ぎれば、あとは下手桟敷（しもてさじき）に抜けられる。観客の声が徐々に近づいてくるのが分かった。

「な、簡単やろ」

「そやな」

武一がそう囁いた次の瞬間、

「こらッ」

後ろから声がした。

源太と武一が振り返ると、強面の小道具方の男が睨んでいた。

男は逃げようとする源太と武一の襟首をつかまえると、楽屋口まで引っ張っていった。

「こんなとこで何しとるんや」

「放せッ、放せッ」

「ここはわじょらが来るとことちゃう！」

男が源太たちを裏木戸から放り出すと、二人ともその勢いで地面に転がった。

「今度来たら警察に突き出すぞ！」

「やれるもんならやってみい！」

源太がやり返す。

「なんやと？」

男が追いかけるそぶりを見せるや、源太と武一は脱兎のごとく逃げていった。


舞台裏でこんな騒動があったとはつゆ知らず、小津といとゑは一階の桟敷席に座っている。

握り飯を頬張っている客がいるかと思えば、持参した干芋を口にしている客もいる。すでに出来上がった赤ら顔の客もいて、小屋の中は賑やかだ。

小津も少し高揚しているように見えた。それがまた、いとゑにとっては嬉しかった。

彼女は持ってきた青い蜜柑を丁寧に剝くと、傍らの小津に勧めた。

小津は彼女の手元にある蜜柑に気がつくと、そのひと切れを口に放り込んだ。

後年、彼は友人の手紙の中でこの日のことを愛おしく書き残している。いとゑの日記は残されていないが、彼女にとってもこの瞬間は忘れられない思い出だったに違いない。

拍子木が鳴って、灯りが落ちる。

勧進帳の開幕だ。

富樫が登場し、口上を述べると、ツケ木が打ち鳴らされ、上手より弁慶たちがさっそうと現れる。

しばらくすると、最初の見せ場がやってくる。

「あいや待たれい！」

番卒が弁慶たちを止める。

弁慶から事情を聞いた番卒が、

「なに!?　山伏がこの関所を通りたいと申すか」

そのとき、上桟敷の一角からも同様の声が漏れた。「なに!?」

周りの客が、迷惑そうに声のほうを振り返った。

声の主はロマンだった。

彼は、桟敷席で小津といとゑが仲良く、蜜柑を頬張っている姿を目にしたのだ。

突然、素っ頓狂な声を出して隣の観客から「しッ」とたしなめられたが、彼はもう芝居見物どころではなくなった。

ロマンは柱の陰から二人を凝視した。

いとゑは、先日の見合いの席とは打って変わって生き生きしている。

おーづ先生が、いとちゃんと付き合っている？　いや、まさか……いやいや、どう見ても仲睦まじい。なるほど、そういうことだったのか。もはや疑う余地はない。これで腑に落ちた。だからといって、どうすればいいのか分からない。

ロマンは混乱した。

芝居が終わってから、ロマンは村に来ていた拓蔵を奈良屋に呼び出した。

誘ってからロマンは気がついた。私はなんのために彼を呼び出したのだろうかと。

少なくとも、今日の出来事を拓蔵に話すつもりはなかった。ただ自分の頭を、この掴みどころのないもやもやした気持ちを、整理したかったのだ。

山仕たちの晩飯はすでに終え、ひと気のない奈良屋で、ロマンと拓蔵が手酌でやっている。

拓蔵は先ほどからロマンの前でしきりになにやらしゃべっている。

ロマンは初め、うんうんと頷いて聴いていたが、何度も同じ話が繰り返されるようになってからは上の空だった。

そんな拓蔵の話をやり過ごしながら、ロマンは別のことを考えていた。

いとゑと拓蔵が相思相愛なら言うことはないが、これはロマンの当てが外れてしまった。結婚するなら好きな相手と結婚するのがなによりだと思っている。

とはいっても、いとゑと拓蔵の見合いを斡旋(あっせん)したのは自分だから、当然成就することを願っている。そのいっぽうで、無理やり結婚させるというのは気が進まない。ロマンにも美学がある。彼が信奉する大正デモクラシーの精神に反する気がした。

ロマンの脳裏に、グルグルととりとめもない思いが浮かんでは消えた。

そのとき、ふと邪な思いが頭をよぎって、ロマンはハッとなった。

拓蔵には気の毒だが、小津がいとゑと結婚することになれば、彼はこの村にとどまるかもしれない。しかし独身のままなら、いつかこの村を出て東京に戻るだろう。

クマヒゲは小津がこの田舎でずっと暮らすと思っているようだが、ロマンは違った。小津は東京で育っているのだ。クマヒゲには分からないだろうが、自分には分かる。ロマンの肌感覚がそう言っている。間違いない。このままだと東京に、あの憧れの都に、小津は帰ってしまうに違いない。

しかしそれは許せない。

かつて神童と言われたこの自分は東京で暮らすことを諦めて、この山深い田舎で暮らしているというのに、彼だけが東京に戻るのはずるいと思った。まったく理屈に合わない話だが、ロマンにすれば理不尽に思えた。なんとかして引き留めたい。

いとゑと付き合っていることを知って驚いたが、この村で結婚したら彼も腰を落ち着かせるだろう。もしおーづ先生といとちゃんが結ばれることになれば、とここまで夢想して、いったい私はなにをバカなことを考えているんだと頭を横に振った。

私は仲人なんだ、見合い話が破談になることを願ってどうする。

「叔父さん、聞いてます?」

拓蔵の呼ぶ声がして、ロマンは我に返った。

彼はお猪口（ちょこ）を持った手を止め、今目を覚ましたような顔で見返し、「なんです?」と訊き直した。

「そやから僕は、このお見合いが上手くいくよう世界中の神様に祈っとるんです」

拓蔵の赤ら顔が前にぬっと出た。

ロマンは渋い顔になった。「世界中の神様ね……」

「はい」

「こりゃまた大きく出ましたね」ロマンはグイと酒を呑み干し、「しかし……」と続けた。

「世界中の神様が束になっても叶わないものがこの世には一つだけある」

「なんです」

拓蔵はずいぶん酔いが回っているようだ。

ロマンはじっと拓蔵を見た。「愛です、愛の行方です、誰が誰を好きになるかという感情です」

「それって……つまり、いとちゃんを諦めろってことですか!」

「そんなことは言ってませんよ」

「じゃあなんです」

「じゃあなんですって言われても困りますがね、結婚なんてものは、しょせん時の運です。ダメなときは逆立ちしてもうまくいかないってことです」

「やっぱり諦めろって言うてるやないですかッ」

拓蔵が半泣きの顔になっている。

「まあまあ、落ち着いて」

「叔父さんは仲人なんやにッ」

「分かってますよ」

「そやったら――」

「ちょっと待った」

ロマンは手で制した。

「なんですか」

拓蔵の憤りは収まらない。

ロマンは拓蔵のお猪口に酒を注ぎながら、

「……考えようによっちゃ、いとちゃんと結婚することは必ずしも良いことじゃないかもしれない」

謎かけのようなことを言った。

「どういうことです」

「彼女と結婚したら長生きできないかもしれない」

「意味が分からん」

拓蔵が苛立って酒をグイッと呷った。

「つまり、いとちゃんはこの村の看板娘です」

「それは分かってます」

「みんな狙っています」

「でしょうね」

「ということはこの村の男、全員を敵に回すことになる」

「受けて立ちます」

「けっこう。しかしですよ、となればですよ、村の男、全員を敵に回せばおちおち寝ていられなくなる。寝ていられなくなると睡眠不足になる。睡眠不足になれば健康を害す。健康を害せば長生きできなくなる、とまあこういうことです」

「そやからなにが言いたいんですッ」

「だから、看板娘を嫁にもらうと長生きができなくなるかもしれない、という話です」

「叔父さん！」

「声が大きいな」

「僕はいとちゃんと結婚できるんやったら、長生きできやんでも本望です！」

ロマンは拓蔵の顔をポカンと見返した。

「どないしたんですか？」

拓蔵が不思議そうに訊いた。

「いや、別に」

ロマンは拓蔵が愛おしかったのだ。その情熱が羨ましかったのだ。そう、これが恋だ。しかし恋の切なさも知っている我が身としては、複雑な気持ちだった。

ロマンは、心の奥にずっと蓋(ふた)をしていたはずの学生時代の失恋をほろ苦く思い出した。

しかし、それにしても——

今日、花岡座で見た光景は幻だったのではないかと思えてきた。

薄暗い桟敷の片隅で、小津といとゑが蜜柑を頬張り合っている、あの場面こそがなによりもよくできた芝居の一場面のようで、美しい影絵のようだった。

拓蔵の前では言えないが、お似合いの二人だったなと、ロマンは思い返していた。

第十一章　芝居つくり

翌日の月曜日、小津が教室に入ると黒板に、「小津先生」と「タバコ屋小町」の文字が仲良く相合傘（あいあいがさ）に収まっていた。

小津は教壇に立つや、子どもたちを睨みつけた。

「書いたヤツは誰や」

誰も名乗り出なかったが、チラチラと子どもたちの視線が集まる先には源太が座っている。

源太はその視線を感じ、観念したのか、

「タバコ屋小町と一緒に芝居観に行ったら目立ち過ぎや」と言った。

「そや、あんなにやにやしてるおーづせんせい、見たことないわ」

武一が調子に乗って茶化すと、教室内にクスクスと笑い声が漏れた。

「しょうもないこと言うな」

小津は珍しくムッとしたが、自分も学生時代には同じようなことをしたものだと思い返すと、叱る気が失せてしまった。とはいっても、ここで表情を緩めたら源太は調子に乗ってまた同じような悪戯をやりかねない。源太を一喝すると、落書きを消させた。

放課後、源太と武一が小津のところにやってきて改めて謝ったが、源太はどこか不貞腐れた様子だった。

「なんか言いたいことがあるんか」と小津。

「なんや」

源太が小津を上目遣いに見た。「……反省しとるけど」

「……ずっこいわ」

「ずっこい？」

源太が頷いた。

「なにがずっこいんや」

「わいら芝居観たても観られへんのに……大人だけ――」ずるいと言っているのだ。

「そや」

武一も不服そうな顔を浮かべた。

「なんでわいら芝居観たらアカンの？」

小津は不意を衝かれたように、源太たちの顔を見直した。

夕方、下宿に帰って座卓の前に座ると、小津の脳裏に源太の言葉が蘇った。

もともと小津は、子どもたちが芝居やカツドーを観ることを悪いことだとは思っていない。学生時代に校長とやり合ったとき、カツドーは学校の授業よりよほどためになると啖呵を切ったくらいだから、源太の気持ちはよく分かる。

実は源太たちから話を聞かされた後、小津はクマヒゲのところへ談判に行った。

クマヒゲは目を丸くして、「芝居を観るのは風俗上よろしくない」と答えるばかりだった。

確かに、芝居小屋には酒を呑んで見物する客もいる。それがよくないというのなら、学校が貸し切りで芝居を観せればいい。演目には歌舞伎の十八番もある。芝居の内容も、けして不道徳なものではない。

そう説明してもクマヒゲは聞く耳を持たなかった。

子どもたちは、カツドーはもちろん、芝居の一つも観ることなく、あと一年ちょっとで小学校を卒業する。仕事に就いて、自分で金を稼ぐようになれば芝居を観ることはできるだろう。

しかしカツドーにしても芝居にしても、できれば子どもの頃から観たほうがいいに決まっている。時にそれは一生の思い出や宝物になるからだ。現に小津自身がそうだった。

おそらく他の子どもたちも源太と同じ気持ちなのだろう。

小津はなんとかして彼らに芝居を観せてやりたくなった。

クマヒゲはとんでもないと許可しなかったが、はい、そうですかと、このまま引き下がるつもりはなかった。

小津は畳の上にゴロリと寝転がって頭を巡らせたが、なかなか妙案が浮かばない。部屋に積まれた本に目をやったが、なにも思いつかない。こういうときはいつまでも拘泥(こうでい)しないほうがいい。小津はにわかに立ち上がって一階へ下りていった。

一階の裏庭に子どもたちからもらった白菜が置いてあるのを思い出したのだ。それを浅漬けにして酒のあてにでもしようと思った。浅漬けなら塩と昆布さえあれば二、三時間で出来上がる。

頭を切り替えるのにはちょうどいい。

この頃になると、小津はちょっとした総菜を自分で作るようになっていた。

白菜を水洗いし、根元を切ろうとしたそのとき、ふと手が止まった。

なんだ簡単なことじゃないかと、口元を緩ませた。

漬物を自分で作っていたから閃(ひらめ)いたのかどうかは分からないが、彼は白菜を桶(おけ)に戻すと急いで二階に駆け上がった。

部屋に入って机の前で胡坐をかくと、引き出しの中から十枚ほどの藁半紙(わらばんし)を取り出した。

そして、その一枚目に「勧進帳」と大書きした。

「この漢字、読めるもんおるか？」

小津が尋ねた。

五年男組教室の黒板には、二日前に小津が藁半紙の一枚目に書いた文字が板書されていた。

子どもたちがみな、首をひねっている。舞台を観たことがないから当然だろう。

「かんじんちょうと読む」小津が言った。

「生きもん？」

「ちゃう」

「食いもんや」

「ちゃう」

「ほな、おばけや」

「ちゃう」

などといったたわいもないやりとりがひと通り終わると、小津はおもむろに説明を始めた。

「……勧進帳というのは、お寺を建てるときに寄付を募る目的や内容を書いた巻物のことや。しかし、芝居の勧進帳は少し意味が違う。鎌倉時代、源頼朝に追われた義経が奥州に落ち延びていくときの物語で、歌舞伎ではよく知られた面白い話や」

小首を傾げる子どもたちとは対照的に、小津は屈託のない笑みを浮かべている。

「せんせい、わいら、面白い言われてもよう分かりません」

哲夫がみんなの気持ちを代弁するように言った。

「そや、観たことあらへんから分からんわ」と松市が続いた。

「まあ最後まで聞け。観られなくても、もっと芝居を楽しむ方法がある」

芝居が観られないのに、もっと芝居を楽しむ方法がある？　おーづせんせいは、いったいなにを言っているのだろう。

子どもたちが不思議そうに顔を見合わせた。

「話がよう分からんわ」

今度は源太が口を開いた。

「おーづせんせい、芝居は観て楽しむものとちゃうんですか？」

哲夫が真面目な顔で尋ねた。

「もちろんそれも楽しいが、それだけやない」

小津はなにやら意味ありげだ。

子どもたちは、小津の次の言葉を待つかのように静かになった。

「一番楽しいのは……」小津は一拍置いて子どもたちを見渡した。「芝居をつくることや」

子どもたちがきょとんとした。

「……芝居をつくる？」

哲夫がボソリ呟いた。

「あァ、これ以上の楽しさはない」

「誰がつくるんですか？」

「お前らや」

「わいらが？」

「そや」

「やっぱり意味が分かりません」

和助が正直に答えた。

「そやから自分らで芝居をつくるんや、五年男組のみんなで芝居をつくる。自分たちで小道具も衣装も全部作る」

子どもたちが口を半開きにして、小津の顔を見ている。

「自分らで演じてみたら観るよりももっとよう分かるし、もっと面白い。どや？　みんなでつくってみやへんか？」

学校は、芝居見学を禁止していても、芝居をつくることをダメだと言っているわけではない。国語の授業の一環として歌舞伎の古典を実演しながら学ぶのだ。これならクマヒゲも文句は言えまい。

いや、認めないと言われてもやるつもりだった。

「……芝居なんかやったことあらへんし」

誰かが呟くと、

「やったことないから面白いんやろ！」

小津が一喝するように声を上げた。

教室がしーんとなった。

子どもたちが固まったようになっている。

次の瞬間、哲夫がいきなり手を挙げた。

「わい、やりたい！」

それを見た源太が、負けじと反射的に手を挙げた。

「わいも」

「え!?」

武一が目を丸くして、源太を見た。

もともと演じることが大好きだった源太は、小津の話を先ほどからウズウズしながら聞いていた。

「やりたいです」

今度は定吉の手が挙がった。自分でも驚く行動だった。何事も引っ込みがちな彼が自ら意思を表したのだ。

武一がさらに驚いていて定吉を見た。二人が手を挙げた以上、もう自分も挙げないわけにはいかない。定吉の後というのが気に入らなかったが、武一も意思表示をした。あとは雪崩（なだれ）を打つように次々と子どもたちから手が挙がった。

「わいもやりたい！」「わいも！」「わいもや！」

小津が予想していた以上の反応だった。

「では今から台本を渡す」

「え？　台本あるんですか？」と哲夫。

「当たり前や、芝居をつくるんやったら、まずは台本がないとアカンやろ」

小津が教卓の上に置かれた風呂敷包みを解くと、中からガリ版で印刷された台本の束が現れた。

小津が勧進帳を短く再構成したものだ。

「おおッ！」

教室に歓声が響いた。

「みんな取りに来い」

小津が言うや、子どもたちは我先にと教卓の前に集まった。

「台本や！　初めて見た！」「ほんまやッ」

子どもたちの目が輝きだした。

みんなが席に戻ると、小津は自分の台本に名前を書いておくように指示した。子どもたちは大切な宝物をもらったような気持ちで、それぞれ自分の名前を書いた。

ざわめきが収まると、小津は台本の一枚目を開けさせた。

登場人物表が現れた。実際の勧進帳の主な配役は十人足らずだが、小津が書いた台本には四十八人分の登場人物が書かれていた。しかも安宅(あたか)の関の見張り番である番卒には、番卒・一、番卒・二ではなく、すべて名前が書かれている。

つまり、どんな役に当たっても、きちんと役名があるわけだ。

登場人物表をめくると、場面とト書きと台詞が現れる。

もちろん子どもたちは芝居の台本を読むのは初めてだが、登場人物の名前の下に言葉が書かれているのを見て、それが台詞だということはすぐに理解できた。

小津は子どもたちに黙読させた。

数十分後、台本を読み終えた彼らの顔は少し紅潮していた。

「物語の内容はだいたい理解できたと思う。次に芝居の稽古を始める前に配役を決めなあかん。自分がしたい役はあったか？」

小津がそう訊くや、いっせいに手が挙がった。

やはり義経や弁慶は人気があって、みんなやりたがった。二人以上手が挙がった場合はじゃんけんで決めさせ、勝った子どもは歓声を上げた。

人気のあった弁慶は哲夫に決まり、義経は源太に決まった。常陸坊海尊（ひたちぼうかいそん）は松市、駿河次郎は和助、片岡八郎は正治、そして富樫左衛門に決まったのは定吉だった。なかなか見ごたえのあるキャスティングだ。じゃんけんで負けた武一は定吉の手下である信介という名の番卒だった。

憮然としている武一とは裏腹に、定吉は嬉しくてたまらないといった様子だ。以前、奇傑ゾロごっこで遊んだ折、武一演じるラモン大尉の部下役をやらされた悔しさを晴らすかのような気持ちだった。

一時間目を使って全員の配役が決まった。役が決まると、小津は子どもたちに声を出して台本を読ませた。台詞はたどたどしいが、台本を読む彼らの目つきはみな真剣だった。

翌朝、小津は子どもたちと小学校裏の雑木林に行くと、小枝を拾い集めた。普段から小枝を折ってチャンバラごっこをやっている彼らにとってはお手のものだ。次々と小枝を拾っては束にしていく。

「おーづせんせい、岳（だけ）さんに登ったらもっとええ枝がある思います」哲夫が言った。

「岳さん？」

「あの山です」

哲夫が指さした方角に、空を突き刺すように穂先を立てた山がそびえ立っている。

地元の人たちから「岳さん」と呼ばれ親しまれている、標高一〇二九メートルの局ヶ岳だ。

「よし、ほな行こか」

興味をそそられ小津が言うと、遠足気分が味わえると思ったのか、子どもたちから歓声が上がった。

小津は着物に袴、大きな下駄履きだ。

和助は、「せんせい、下駄では登れへんて」と心配したが、小津は麦わら帽子を被り直すと、かまわず歩き出した。

局ヶ岳の登山口近くには局ヶ岳神社が祀られている。その社を通り過ぎると、すぐに小峠の登り道が続く。

小津がぐいぐい歩いていく。

「まるで行者さんや」

子どもたちが呆れたように言う。

小津は山道の澄んだ空気が気持ちいいのか、鼻歌を歌いだす。

「青い月夜の浜辺には親を探して鳴く鳥が〜」

昨年、発表された童謡「浜千鳥」だ。

「おーづせんせい、その歌は変や、まだ朝やに」

正治が難じると、

「そや、そや」

と他の子どもたちが囃し立てる。

「たしかにそうやな」

歌った本人が一番可笑しそうに笑っているから、子どもたちは拍子抜けだ。

この日の小津は上機嫌だった。

登り道の途中で子どもたちがアケビを見つけると、

「せんせい、学校に持って帰ってもええ？」

「いや、校長先生に見つかると叱られるからここで食べよ」

小津がそう答えると子どもたちは喜び、みんなで輪になって座り、アケビを頬張った。

アケビの果肉はねっとりとした半透明なゼリー状で、素朴な甘みが秋を感じさせる。

さっそく口に含んだ種の飛ばし合いが始まった。小津も負けじとやり返す。

子どもたちが声を上げて笑う。

この時代、金を使わなくても愉しむ方法はいくらでもあった。

源太はアケビを三つほど食べ終わると、

「せんせい、岳さんのてっぺんから見る風景は最高やに」

自分の家の裏庭を自慢するような口ぶりだ。

「そうか、ほなてっぺんまで競争しよか」

そう言って小津が腰を上げると、子どもたちも弾かれたように立ち上がった。

小枝を拾いに来たはずが、いつの間にか山登りに変わっている。教師が率先して道草を食っているのだから、子どもたちは嬉しくてたまらない。

小津がいきなり駆けだすと、子どもたちも負けじと追いかける。

体力に自信のある小津でも山登りは慣れていない。ましてや下駄履きだ。

中腹まで来ると、小津は息が上がってしまった。

局ヶ岳の登山は地元の子どもたちにとっては慣れたもので、小津の横をすいすいと追い抜いていく。

小津は彼らを追いかけようとして、下駄を滑らせ転倒した。

「せんせい、大丈夫？」

先を駆ける子どもたちが心配そうに振り返った。

「大丈夫や」

小津が立ち上がろうとすると、目の前に手が差し出された。

源太の手だった。

「おーづせんせい、もうちょっとやに」

源太が小津を見て微笑んだ。

「そうか」

小津は源太の手を借りて立ち上がると、競うようにまた駆けだした。

山頂が近い。

子どもたちが一番乗りを目指して走りだす。

次々と山頂にたどり着くと、眼下には宮前村が広がっていた。

先に登りきった和助が振り返り、

「早よう早よう！　ここからの眺めが一番やに！」

哲夫たちも声を上げながら手招きしている。

小津と源太が息を切らしてようやく山頂にたどり着くと、呼吸を整えるように大きく息を吸い込んだ。

子どもたちが自慢するだけあって山頂からの見晴らしは素晴らしく、目の前に広がるパノラマには伊勢湾や遠く大台(おおだい)ヶ原(はら)まで望めた。

「……ええ見晴らしや」

小津が呟いた。

いつの間にか小津を囲んで、子どもたちは同じ方向を眺めている。

「せんせいもそう思てくれる？」

「ああ最高や……」

子どもたちは自分のことを褒めてもらったかのように嬉しそうだ。

彼らの笑顔が朝陽に照らされ輝いている。

遠くからトンビの鳴く声が聞こえる。

小津は、教師として暮らしているこの村の風景を望みながら、もう一度深く息を吸い込んだ。

秋の空気は格別だ。

小津は宮前村を眺め続けた。

後年、友人に宛てた手紙の中で回想している。

〈嘗つて一ケ年の宮前の生活が限りなく浦山敷(ママ)しい。

大淵と云ふのがあつた。

秋葉山と云う(ママ)のがあつた。

局ケ岳に登つたことがあつた。……兎に角あの時分の秋は懐かしい……〉

小津にとって宮前村の秋は、なにより思い出深い季節だったのだろう。


翌日から小道具作りが始まった。

思った以上にみんな器用だった。中でも源太は小枝を払って、あっという間に小道具の刀を作ってみせた。いつもの様子と違って、みんなその出来栄えに感心している。これまでずっと小津に反抗的だった彼が、小道具作りではいろんなアイデアを出した。

他の子どもたちも源太の指導で、仕上げのいい小道具を次々と作り上げていく。

いつの間にかみんなが手分けして作っている。

「おーづせんせい、もう作るもんない？」

源太が物足りなさそうに言う。

「まだまだある、鎧(よろい)も必要や」

「よっしゃ、鎧作るわ！」

源太が嬉しそうに答えた。

子どもというのは、本来、大人以上に表現の場を欲しているのだろう。

小津は持ってきた馬糞紙(ばふんし)を源太たちに渡した。馬糞紙といっても馬糞で出来た紙ではない。藁などを原料とした、黄茶色のボール紙である。

この厚紙を使って鎧を作るわけだが、子どもたちはその形がよく分からない。

小津は自分が書いてきた鎧の絵を見せた。

源太が観察するような目でじっと見つめると、手早く馬糞紙を切って作り始めた。

教室の片隅では、定吉が藁半紙を継ぎ合わせた大きな紙にさらさらと舞台背景を描いていた。

その鮮やかな筆さばきに、小津の目が留まった。

座学では見つけられない、子どもの才能というものがある。

「上手いな……」

小津も感心するほどの出来栄えだった。

そのとき定吉の後ろから声がした。

「すごいな、定吉」

定吉が振り返ると哲夫が立っていた。

「哲ちゃん……」

まだ色は塗られていないが、関所の書割の絵を見て、その見事さに哲夫が感心している。

定吉は、哲夫からかけられた言葉を聞いて少し身震いした。

これまで同級生の誰にも褒められたことがなかったからだ。なにより哲夫に認められたことが嬉しかった。周りに子どもたちが集まってきた。こんな経験も初めてのことだった。

定吉は夢中になって書割を描いた。


小津たちが小道具作りを始めた頃、阪東彦左衛門一座は千秋楽を迎えていた。

彦左衛門は興業の延長を密かに期待していたが、客入りは日を追って尻下がりとなり、結局、予定通りの楽日となった。

終演後、井上勝次郎が花岡座に顔を出し、座員たちの労をねぎらった。

彦左衛門と座員たちは、舞台の「バラシ」の手を止め、恭しく頭を下げた。

「おかげさんで無事千秋楽を終えました」

彦左衛門は無事と言ったものの、裏ではいろいろゴタゴタはあった。

借金をため込んだ役者の一人がやくざに押しかけられ、興行の途中でとんずらしてしまったのだ。その役者は要領を得たもので、やくざが楽屋で待ちかまえていると舞台上で役者仲間から耳打ちされるや、衣装を着たまま花道から下手桟敷に飛び降り、表木戸から踊るようにどろんしてしまった。

彦左衛門も慣れたもので楽屋に詰めかけたやくざに詫びをいれると、あとは知らぬ存ぜぬで通した。

小津が旅芸人を扱った映画と言えば『浮草』が有名だが、彼の生涯で旅芸人たちと間近に接した経験は、この宮前村をおいて他にはないだろう。

旅芸人だけでなく、渓流釣りのシーンなどもそうだ。そして教師といえば、『父ありき』、『秋刀魚の味』、『東京の合唱』、『一人息子』、『東京物語』といった作品が並ぶ。

冒頭で述べたように、小津は宮前村でのことをほとんど口にすることはなかったが、彼の映画にはこの村での思い出が色濃く反映され、実に雄弁に物語られているのだ。


「次はどこや」

勝次郎が彦左衛門に訊いた。

「紀州の新宮（しんぐう）にまいります」

「えらい山越えやな」

「へぇ、ご贔屓さんが声をかけてくれましたんで」

「そうか、身体を大事にな」

彦左衛門は笑みを浮かべた。

「ありがとうございやす、旦那さんもどうかお元気で」

一座が去ると、宮前村にはもう晩秋の気配が漂い始め、めっきり冷え込むようになった。

花岡座は次の興行がかかるまでしばらく休みとなり、村は祭りの後のようないつもの静けさに戻ったが、宮前尋常小学校五年男組の教室の中だけは活気づいていた。

「お前たちは何者だ！」

定吉が大声を出した。

五年男組の教室で、本読みをしている。

たどたどしく、たとえ棒読みであっても、小津は子どもたちの本読みにじっと耳を傾けた。

「東大寺復興勧進のため諸国を回る僧でございます」と哲夫。

「ならば勧進帳を読み上げてみよ」

定吉が言い返す。

「ははぁ」

「待て、そこにいるヤツはなにやら義経に似ておるな」

「もう勘弁ならんぞ！」と哲夫。

「哲夫、台詞が抜けとる」

小津からダメ出しが飛ぶ。

「あ、しもた！」

哲夫が舌を出すと、教室は笑い声に包まれた。

定吉は休み時間に源太としゃべらなくなったが、芝居の稽古を通して彼と関わることができて嬉しかった。そして源太も同じような気持ちでいてくれることを密かに願った。

一週間ほどすると、教室の後ろに手作りの大道具や小道具、衣装が置かれるようになり、机は前のほうに集めて、立ち稽古が始まった。

「怪しいヤツは何人たりとも容赦はせぬぞ！」

「それほど疑うなら、とっととこの首をはねるがよい！」

「望むところじゃ！」

子どもたちの声もよく通るようになってきた。

「源太」小津が声をかけた。「さァ、とっととこの首を――のところで胡坐をかく」

「はい」

源太が素直に応じた。

放課後、芝居の稽古をするようになると、授業での様子も変わってきた。私語がなくなり、真剣な顔つきで授業を受けるようになった。小津のほうが戸惑うほどだった。

子どもたちは見違えるほど上手くなった。本を手放し、動きも自然になってきた。

弁慶役の哲夫と義経役の源太の場面は特に息が合っていた。

ずっと仲の悪かった二人がつくり上げた場面は、他の子どもたちが釘付けになるほど見応えがあった。本校組の子どもたちも源太を見る目が変わった。

稽古は順調に進んだかに見えた。

ところが十一月に入ると、あれほど芝居の稽古を楽しみにしていた源太が、ぱったりと学校に来なくなった。

第十二章　開演

定吉は神社で武一から責められて以来、独りぼっちになった。

哲夫は、夏休みにあれほど仲良くしてくれたはずなのに、二学期が始まるといつも通り本校組の仲間に囲まれ楽しそうにしている。気のせいか哲夫のよそよそしい態度を見ていると、夏休みの親しげな付き合いは夢ではなかったのかと思うようになった。

哲夫が夏休みに親しく接してくれたのは、彼の気まぐれだったのだろうかとも思ったが、考えてみれば、彼は誰とでも気さくに分け隔てなく付き合っているのだ。だからこそ誰からも慕われている。哲夫にとって源太と武一だけは例外だった。

ただ、そんな源太も、芝居の稽古のときだけは普段通りの顔を見せてくれたのは救いだった。

定吉は独りで登校するようになった。

いつもより早い時間に家を出るのは億劫だが、連れ立っていなければ武一に嫌なことを指図されなくても済むし、気が楽だった。

ところがどういうわけか、この日は武一がすぐ前を歩いていた。

武一は定吉の足音を聞いても、無視するように歩き続けた。

二人とも黙って歩いていたが、珍布峠を越えた辺りで、武一が突然足を止め、振り返った。

武一は定吉を睨みつけると、

「源ちゃんはわじょを許しとらんぞ」

そう言い捨てて、坂道を駆けていった。

源太が学校を休みがちになったのはお前のせいだとでも言わんばかりだった。

しかし源太はそんなヤワなやつじゃない。気に入らなければ言葉より先にゲンコツが飛んでくるはずだ。むしろ定吉は、源太があのとき花岡神社で殴ってこなかったのが不思議でならなかった。

定吉はしばらくその場に立ち尽くした。

定吉が教室に着いて源太の席に目をやると、今日もぽっかりと空いていた。


源太が欠席して三日ほど経った頃、小津は彼の家を訪ねようとしたがオッサンに止められた。

「心配いらんて、おおかた家の手伝いやろ」

「手伝い？」

放課後、職員室でオッサンが頷いた。

「源太の父やんは、山仕やでな」

「この時期やったらそうかもしれやんな」

向かいの席からヒョウタンの声がした。

山仕たちは夏場、杉や檜の下刈りに精を出し、秋から冬にかけては伐採作業を行なう。将来、自分の子どもを同じ仕事に就かせようと考える親は、この時期を利用して手伝いをさせることがあるという。

「わざわざ行かんでも、しばらくしたら来るて」

オッサンが欠伸まじりに言った。よくあることだというような口ぶりだった。

この村では子どもは家事手伝いが当たり前で、時には父親の仕事の見習いをさせられた。それが理由で学校を欠席することも珍しくなかったのだ。


オッサンが言った通り、源太は一週間ほどしてから学校にやってきた。

「おーづ先生、校長先生がお呼びです」

放課後、ロマンに言われて、小津が校長室に入ると、源太と母親が接客用の椅子に座っていた。

丸机をはさんで二人に向かい合ったクマヒゲが、

「おーづ先生です」

母親にそう紹介すると、彼女は立ち上がって深々とおじぎをした。

「担任の小津です。初めまして」

子どもが尋常小学校に入学するときと卒業するとき以外、親が学校に来ることはほとんどないため、小津はこのとき初めて源太の母親と顔を合わせた。

源太が欠席することは武一から連絡を受けていたものの、「長かったので心配していました」と小津は言った。

「すんません」

母親は申し訳なさそうにまた頭を下げた。

源太はいつもと様子が違って、下を向いたまま小津と目を合わせようとしなかった。

小津はそんな彼を見ると、

「今日はどのようなご用で？」

「この子、学校を辞めさせよう思てきました」

母親はえらくあっさりと答えた。

「……学校を辞める？」

「はい」

「どういうことでしょう？」

「一日でも早う働かせよう思いまして」

「卒業するまでまだ一年以上ありますし、今急いで辞めんといかんのでしょうか？」

小津は戸惑いながら尋ねた。

「少し前から決めとったことやし――」

母親の話によれば、二学期が始まった頃、父親から退学の話が出たという。それはちょうど花岡神社で武一が定吉を問い詰めた日のことで、源太がいつもと様子が違っていたのは、その話を聞かされた直後だったからだ。

源太は五年生の二学期が小学校の最後になることを覚悟したものの、父親の気が変わり、この十一月で中退させられることになった。

小学校五年といえばまだ十一歳である。小津にしてみればこの年で中退するというのはあまりに唐突に思えた。

「せめて五年生を修了するまで待ってもらえませんか。あと四か月のことやし」

「うちもそうしてやりたいんやけど、父やんは一度言いだしたら言うこと聞かんで。どうせ親の仕事を継ぐんやから、少しでも早う習わしたほうがええ言うて」

母親が少しやつれた顔を小津に向けた。

うつむいた源太の顔が、少し強張(こわば)ったかのように見えた。

当初源太は抵抗したが、家の事情と幼い三人の弟のことを考えれば我慢するしかなかった。最後は不承不承ながら、長男として父親の指示に従ったのだった。

この時代、尋常小学校を卒業して就職する子どもは数多くいた。

しかし小津が深川で暮らしていたときも松阪に引っ越してからも、家庭の事情で小学校を中退し、仕事に就く同級生はいなかった。

まだ小学五年生の身でありながら、家庭の事情を優先して学校を中退しなければならない現実を知らされ、小津はやりきれない気持ちになった。

当時、小津が担当した五年男組の学級編成表を見ると、生徒数が四十八人と記載されているが、修了者は四十五人となっている。つまり一年間で三人の子どもが家の事情などで中退していることが分かる。

この時代、日本はまだまだ貧しい家庭が多く、子だくさんの口べらしで、一日も早く仕事に就かせたいと考える親は珍しくなかった。

「いろいろ考えた末のことや思うし、おうちの事情もあるんやでしゃあないですな」

理解を示すかのようにクマヒゲが口を開いた。

「お父さんと少し話をさせてもらうことはできませんか？」

小津が食い下がると、「おーづ先生、親御さんがもう決めたことやから」とクマヒゲが遮るように口をはさみ、「まことに残念やけど、所定の手続きを取ることにいたします」と話を収めてしまった。

それを潮時に母親は席を立ち、

「いろいろお世話んなりました。御免なして」

源太を連れて校長室から出ていった。

クマヒゲは、源太のような子どもをこれまで何人も見送ってきた。その経験から引き留めても無駄だと諦観しているようだった。

小津はそんなクマヒゲを一瞥すると、二人の後を追って生徒用の昇降口に向かった。

源太はずっと黙ったままだった。

小津は、芝居つくりを楽しみにしていた源太のことを思うと胸が痛んだ。

しかし、たとえ担任であっても、家庭の事情だと言われたらどうすることもできない。

「……身体、大事にせえよ」

小津が源太にそう声をかけると、彼は初めて小津と目を合わせ、少し微笑んだ。痛々しいほどの幼い笑みだった。

母親は小津に会釈すると、校門に向かった。

源太は校庭の真ん中で足を止め振り返ると、今度はしっかり小津を見てペコリと頭を下げ、母親の背中を追いかけるように校門から出ていった。

小津は二人の姿が消えてからも、しばらく立ち尽くしていた。

小津は子どもの頃から湿った感傷は好きではなかった。しかしこの突然の、あまりに呆気ない別れには心を引きずられた。

二人を送り出してから教室に戻ると、子どもたちが教室に残って芝居の稽古をしていた。

教室の後ろには、源太が作った小道具がポツンと立てかけてあった。

翌日、小津は五年男組の子どもたちに源太が学校を辞めたことを伝えた。

武一は事実をすぐに受け止められなかったのか、口を半開きにしたまま呆然としていた。

源太に殴られた松市は、どこか神妙な顔つきをしていた。

意外にも哲夫が一番ショックを受けているようだった。

あれほど角突き合わせた仲だったが、珍布峠での喧嘩以来、二人にしか分からない不思議な連帯感が芽生えたようだった。それが芝居の稽古を通して、より確かめられるようになり、密かな友情を感じるようになっていたのだ。少なくとも哲夫はそう実感していた。しかし、その気持ちを源太に伝える前に彼は学校を去ってしまった。

哲夫は、突然手ごたえを失ったかのように虚ろな表情を浮かべていた。

定吉は哲夫や武一とも違っていた。

彼はこれまで源太に散々酷い目に遭わされてきた。何度も殴られた。本来ならもっと清々してもいいはずだが、なぜかそんな気持ちにはなれなかった。心の中で解放感と名残惜しさ、同情と憎悪が入り交じっていたのだ。

二学期が始まってからは疎遠になってしまったが、源太とは幼い頃から同じ村で育った。共に赤桶地区の分教場に入学し、四年生になって宮前尋常小学校に編入した。当然、一緒に卒業するものと信じて疑わなかった。

ところが、源太は小学校を辞めて明日から大人の世界で働くのだ。

彼の小学校時代は突然終わった、いや、子どもの時代が終わってしまったのだ。

もし自分が源太と同じように明日から働くことになったらと想像すると、まったく心の準備ができていない定吉は、なにやら急に恐ろしい気持ちになった。

義経役の源太の代わりは当面、小津が代役をすることになった。

稽古は、翌日再開された。


オッサンから寺に呼ばれたのは、それから数日経ってのこと。

日曜日、畑で枯草を焼いた燻煙が夕暮れの空を染める頃、薄茶色のマフラーを巻いた小津がぶらり恵宝寺にやってきた。

寺の離れの一室に入ると、オッサンとヒョウタンと見知らぬ中年男が炬燵を囲んで一杯やっていた。

「ちょうど今始めたとこや」

やってきた小津を見て、オッサンが機嫌よく言った。

畳の上には一升瓶と、茶碗と湯豆腐の入った小皿が置かれている。

「ま、一杯いこか」

オッサンが座布団を小津に勧め、手早く茶碗を差し出した。酒盛りをするのが嬉しくて仕方ないのだろう。急くように小津の茶碗に酒を注いだ。

ヒョウタンは、あの日以来、酒の呑み過ぎに注意しているのか、オッサンと向かい合ってちびちびと盃を傾けている。

「この人は檀家の遠藤さんや」

オッサンは、右隣で胡坐をかいている小太りの中年男を紹介した。

「初めまして」

遠藤は小津に向かって人の良さそうな笑みを浮かべた。

「小津です、初めまして」

「オッサンからいろいろ話を聞いとります」遠藤がそう言って盃を傾けた。「小学校で芝居の稽古をやっとるんやて？」

遠藤はもう旧知の仲のように小津にしゃべりかけた。けっして不快ではない。オッサン同様、人懐っこい男のようだ。

「ええ」

「なにやっとんの？」

「勧進帳です」

「この間までうちでやっとったやつやな」

「うち？」

「遠藤さんは花岡座の小屋主なんさ」オッサンが言う。

小津は遠藤を見直した。

「仕上がりはどうなん？」

「思った以上に子どもたちは一生懸命で、ええ芝居になりそうです」

「そりゃええな、芝居は観るよりやるほうが面白いでな」

小津は思わず口元が緩んだ。自分とまったく同じことを言う男が目の前に座っている。しかも芝居の小屋主が観るよりも演じるほうが面白いと言っていることに可笑しみを感じた。

遠藤は酒を呑み干すと、

「よかったら、それうちでやらへんか？」

屈託のない笑みを小津に向けた。

「うちでやる？」

茶碗を持った小津の手が止まった。

「そや、うちの花岡座で」

酔って冗談を言っているふうではなかった。

「遠藤さんにおーづ先生のこと話したんさ、そしたら小屋が開いている日に使こたらええやないかて言うてくれてな。さっそく会おてもらお思てな」

オッサンが湯豆腐を頬張りながら言った。

「ほんまに貸してもらえるんですか？」

小津が半信半疑で確かめると、遠藤は大きく頷いた。

「十二月の一週目はなんも入っとらんでな、自由に使こてもろてええわ」

小津の表情が変わった。

「子どもら喜ぶやろな……」

ヒョウタンが胡坐を組み直した。

「ええ社会見学や」

オッサンもニンマリした。

ヒョウタンが言うように、子どもたちは芝居小屋に入ったことがないから大喜びするに違いない。

小津は、クマヒゲの顔が一瞬チラついたがかまうことはない。文句を言われたら、オッサンが言うように社会見学の一環だと押し通せばいい。

「こういうことは早よ決めたほうがええな。どやろ、来月の一日なら間違いなく空いとるに」

遠藤が話をとんとん拍子で決めていく。

十二月一日といえば金曜日だ。クマヒゲの修身の授業が入っていないのでちょうどいい。

「ぜひお願いします」

小津が満面の笑みを浮かべた。

「ほな決まりや、今夜はとことん呑むに」

オッサンが我がことのように喜ぶと、

「明日は月曜やから、深酒はほどほどに」

　ヒョウタンがたしなめた。

　自分にも身に覚えのある小津は、うつむきかげんに苦笑を浮かべた。


　週明けの月曜日、稽古が始まる前に小津は子どもたちに花岡座で芝居ができることを伝えた。

　子どもたちはぽかんとした。

　それはそうだろう。花岡座の中に誰も入ったことはないし、なにより禁止されているはずだ。

「せんせい、わいら花岡座で芝居観ることは禁止されてます」

　哲夫が当然のように言った。

「分かっとる」

「ほんなら学校の規則、破ってもええんですか？」

「学校の規則は破らへん。学校が禁止しているのは芝居を観ることや、自分たちで芝居をやることまでは禁止してない」

　小津の言うことは屁理屈かもしれないが、花岡座に芝居を観に行くことは止められていても、演じることまで禁止しているわけではない。

　子どもたちが不思議そうに顔を見合わせた。言われてみれば確かにそうだ。

　子どもたちは小津の話を聞くうち、次第に実感が込み上げてきたようだった。

「お前ら、花岡座で芝居やりたないんか？」

小津がそう言うと、ようやく子どもたちは身体が浮き立つような興奮を覚えたのか、踊るように立ち上がって次々と声を上げた。

「やりたい！」

借りられるのは十二月一日だから、もう一週間しかない。

急いで芝居の仕上げに取りかかった。

源太の退学で意気消沈していた子どもたちに活気が戻った。

さっそく厚紙で作った鎧兜（よろいかぶと）を身につけて、本番さながらの稽古が始まった。

稽古を重ねるうちにますます芝居がよくなってきた。誰よりも子どもたちがそれを実感していた。

稽古が佳境に入った頃、ロマンが教室に現れた。

彼はクマヒゲの手前もあってか、これまで小津の芝居つくりに無関心を装っていたが、この日はどういう風の吹き回しか興味深げに眺めている。

稽古が休憩に入ると、ロマンは笑みを浮かべながら小津に近づいてきた。

「なるほど、安宅の関ですか」

「ええ」

「ご苦労様です」

気持ち悪いほど上機嫌だ。

「なにかご用ですか?」

小津が尋ねると、

「いえ、少し見学させていただこうと思いましてね、お芝居は素晴らしいですから。アインシュタイン先生が感心するだけのことはあります」

小津は返す言葉が見つからず、微苦笑を浮かべた。

小津は、ロマンがなにに感化されたのかすぐに分かった。

先日、アインシュタインが明治座で芝居を興味深く鑑賞したという記事が新聞に載ったのだ。

ロマンはそのニュースを知るや、態度がコロリと変わった。

小津が芝居の稽古に熱中しているちょうどその頃、アインシュタインが初来日した。

一般人にとって相対性理論がなんなのかさっぱり分からなくても、ノーベル物理学賞を受賞したばかりの世界的天才が来日したことは日本中を沸き立たせた。しかもこのときノーベル賞の発表が遅れ、彼は受賞の報を日本に向かう船上で聞いたのである。

大正十一年十一月十七日、アインシュタインが神戸港に到着すると、日本人は熱狂的に彼を迎え、その様子を目撃したドイツ大使は「(まるで)凱旋行進のようだ」と驚嘆した。

芝居はいい。あのアインシュタイン先生が褒めたたえているのだから間違いない。

ロマンはそう思い直して教室にやってきたのだった。

「おーづ先生、どうか頑張ってください」

ロマンは、インテリゲンチャにも弱かった。


熱中すると時の流れはあっという間だ。一週間は飛ぶように過ぎていった。

開演の日がやってきた。

子どもたちは午前中からそわそわしている。

昼になると競うように弁当を食べ、我先にと校庭に飛び出した。

小道具、大道具は前日に遠藤が裏方とともに花岡座に運んでくれていた。

小津はロマンに午後から地元で社会見学することを伝えた。

「お気をつけて。放課後までには学校に帰ってきてください」

ロマンは、私は陰ながら応援してますよ、とばかりに笑みを浮かべた。

小津が職員室を出る間際、オッサンとヒョウタンがエールを送るように目配せした。

校庭に現れると子どもたちが、

「せんせい、早よう早よう」

木枯らしの中、いっせいに手を振った。

小津を先頭に子どもたちが校門から駆けるように出ていった。

学校から花岡座までは五分とかからない。

「おお、みんな来たな」

花岡座の前に来ると、木戸口で遠藤が人情味豊かな笑みを浮かべ、みんなを待っていた。

「お世話になります」

小津がそう言って会釈すると、子どもたちも神妙な顔つきになって頭を下げた。

「さっそく中に入っておくんない」

遠藤に先導されて花岡座に入っていく。

村の真ん中にありながら、子どもたちにとってここは生まれて初めて足を踏み入れる別世界だ。

好奇心に満ちた目で小屋の中を見渡すうちに、子どもたちの顔が紅潮してきた。

和助が桟敷席に腰を掛けると、

「この席よう見えるに！」

「ほんまや！」

他の子どもたちも真似をして次々と胡坐をかき、舞台を眺めた。

興奮した声が上がる。

定吉は先ほどからじっと舞台を見つめていた。舞台に自分が描いた書割が掛けられていたのだ。

教室で見るよりずっと素晴らしく見えた。

「ほんまもんの関所みたいや」

いつの間にか隣にいた哲夫が言った。

「大人になったら花岡座で仕事するか？」

その出来栄えを見て、遠藤が冗談交じりに言った。

定吉は天にも昇る気持ちになった。

彼らの興奮がいったん収まると、遠藤は舞台袖に案内した。

武一以外、ここも未知の世界だ。武一は密かに源太と忍び込んだときのことを思い出していた。あのときはドキドキして心臓がどうかなりそうだったが、今度は遠慮なく小屋に入ることができるのだ。しかも、この舞台で今から自分が芝居をするのだ。夢見心地だった。

楽屋にも通された。ここも普段は客が立ち入れない場所だ。

年季の入った楽屋の柱には、いたるところに千社札や火の用心と書かれた札が貼られている。汗と紫煙と鬢漬け油が入り交じった楽屋独特の匂いが、子どもたちの鼻をくすぐった。

子どもたちは初めて見る世界に目を輝かせた。

「着替えるときは、この楽屋を使いない」遠藤が言った。

松市が鏡台の前に胡坐をかいて鏡に映った自分の顔を覗き込んでいる。鏡が珍しいわけではないが、普段、家で見慣れている鏡とは違ったように見えた。

「ほな舞台に上がろか」

遠藤は一通り説明をすませると、子どもたちを連れて階段を下りていった。

子どもたちは我先にと舞台に上がって、今度は舞台上から桟敷席を眺めた。

同じ小屋の中なのに、先ほど桟敷席から見た風景と舞台から見る風景はこんなに違うものなのかと驚いた。そう、芝居を観る側と演じる側では目の前に広がる世界が違うのだ。

おーづせんせいが言っていたことの意味を、子どもたちは初めて実感したようだった。

そして、これから自分たちがこの芝居小屋で演じることができることを思うと、痺れるような、浮足立つような、幸せを感じた。

「すごいッ、すごいわ」

興奮が頂点に達し、子どもたちからまた歓声が上がった。

そのとき小屋の木戸が開いて、誰かが入ってきた。

先ほどまでの歓声が止み、一瞬、小屋が静まり返った。

武一が固まったまま呟いた。

「源ちゃん……」

木戸口で源太がはにかむように立っていた。

「源太――」

今度は哲夫が言った。

実は、小津は花岡座で芝居ができることが分かってからすぐに源太の家を訪ねていた。

退学を取り消すことは無理だとしても、みんなでつくり上げた芝居にだけは源太も参加させたかったのだ。

源太の父親は、小津が初めてやってきたとき、不機嫌そうに話を聞こうともしなかったが、下駄履きで何度も山にまで入っていく小津に呆れ果て、ついには根負けし、願いを聞き入れたのだった。

「源太、そんなとこに居らんと早よ来い」

小津が普段と変わらず手招きすると、源太は舞台に向かって歩いてきた。

彼も花岡座の桟敷に入るのは初めてのことだ。

以前は舞台裏で小道具方に見つかって追い出されたが、今回は遠慮なく入れる。

不思議な気持ちだった。

哲夫は、舞台に上がる源太に握手を求めるかのように手を差し伸べた。

源太は素直にその手を借りると、舞台に上がった。

小津は子どもたちに目をやると、

「義経役は予定通り源太でいく。芝居の準備をせえ」と手を打った。

子どもたちは弾かれたように返事をすると、楽屋の階段を駆け上がっていった。

武一が源太に近寄り、定吉も自然と後に続いた。

「源ちゃん」

「武一」

源太が武一の後ろにいる定吉にも目をやった。源太は笑顔を見せた。

「源ちゃん……」

定吉も笑顔になった。

「わじょら、台詞大丈夫か？」

源太がいつもの調子に戻ると、

「それはこっちの言いたいことやわ」

武一が嬉しそうにやり返した。

「さあ、どんな芝居を見せてくれるんか、愉しみにしとるで」

遠藤が声をかけると、我に返ったかのように源太たちも楽屋に向かった。

楽屋では自分たちが手作りした衣装を着て、鏡の前に立っている。

みんな鏡に映る姿を見て、満更でもない笑みを浮かべている。

着替えて小道具を手にすると、再び舞台袖に下りてきた。

小津は舞台上に並んだ子どもたちを見回すと、

「ほな、今から開演や」

この言葉を合図に子どもたちは上手下手に分かれ、袖に待機した。

舞台上手袖には富樫を演じる定吉たちが、下手袖には義経役の源太、弁慶役の哲夫たちが緊張して出番を待った。

「待っとったに」

薄暗い舞台袖で哲夫が源太に呟いた。

「おおきに」

源太が素直に微笑んだ。

拍子木が鳴り響いた。

「東西東西〜！」

舞台袖から高らかに声が上がった。この日のため、小屋の裏方も手伝ってくれた。

小津と遠藤が桟敷の真ん中に腰を下ろした。

幕が開き、小津が脚色、演出した勧進帳が始まった。

安宅の関を守る定吉たちが大勢上手から登場する。

これまで教室で稽古していた雰囲気とはまったく違っていた。教室も舞台も同じ床板だが、その感触は別物だった。

舞台は富樫役の定吉の第一声で始まる。

みんな固唾を飲んで定吉のセリフを待った。

しかし第一声が出てこない。舞台に立ったまま定吉は棒立ちになった。何度も稽古して頭に入っているはずだったが、緊張のあまり頭が真っ白になった。

一緒に登場した番卒役の武一が心配そうに定吉に目をやった。

定吉は焦った。心臓が激しく脈を打っている。嫌な汗が出てきた。

小津はじっと待った。

定吉がふと下手に目をやると、薄暗い袖から哲夫と源太がこちらをじっと見つめていた。その目は励ましの眼差しだった。大丈夫だという温かい視線だった。

定吉は深く息を吸い込むと、

「我こそは加賀の住人、富樫左衛門にて候。さても頼朝義経御仲、不和とならせ給うにより、判官殿主従、作り山伏となりて、陸奥へと下向のよし、鎌倉殿聞こし召し及ばれ、国々にかくの如く新たな関所を立て、山伏を堅く詮議せよとの厳命によって、それがし、この関所を相守り候。方々、左様心得てよかろう！」

先ほどまでの緊張がウソのように、一気に台詞をまくし立てた。

「おおせの如く、この程も怪しげなる山伏を引っ捕らえ、梟木に、掛け並べ置きましてござりまする～」

武一が応えた。

定吉と武一の息がぴったりと合った。

「修験者たる者来たりなば、即座に縄かけ打ち取るよう」

定吉は堂々たる演技に変わった。

「いずれも警固！」

武一たちが声をそろえた。

「いたしてござりまする～」

それを合図にツケ木が打ち鳴らされ、下手から弁慶たちがさっそうと現れる。

「我ら山伏一同、早々にこの安宅の関を越えて参りたい！」

弁慶役の哲夫がよどみなく演じる。

「あいや待たれい！」

定吉が止める。

不審に思った富樫が、弁慶たちに勧進帳を読めと命じる見せ場がやってくる。

和助が弁慶の笈から勧進帳を取り出し、哲夫に手渡すと、彼はなにも書いていない勧進帳を朗々と読み上げる。

定吉が詰め寄り、哲夫が答える。

勧進帳を巡る富樫と弁慶の丁々発止のやりとりが始まる。互いに一歩も引かず、迫真の演技を見せる。

芝居はやがて富樫が義経似の源太を怪しむ場面に移っていく。

「待て！　先ほどから気になっておったが、そこの強力、なにやら我らが捜し求めておる義経の面体によく似ておるな」と定吉。

「おお、確かに」

番卒役の武一も怪しむ。

すると哲夫が金剛杖を舞台にドンと突き、

「またか、この強力め、お前が義経に似ているせいでこれまで何度関所で怪しまれてきたことか！

もう堪忍ならんぞ！」

義経役の源太を引き倒すと、「この強力めが！　この金剛杖で打ち据えてくれるわ！」

哲夫が力いっぱい金剛杖で叩いてみせる。

耐え忍んでいる源太の演技が光る。

「待ってました！」

桟敷から小津の声が飛んだ。

弁慶の機転で無事に関所を通った後、場面が転換。

弁慶は先ほどとは打って変わり、神妙な顔つきに変わって義経に床几をすすめる。

「関所を無事に通ることを考えるあまり、無礼なことをしてしまいました。まことに申し訳ございません」

哲夫が詫びる。

「なんの、それは心得ちがいというものだ。お前のとっさの機転で我々の命が助かったのだ。弁慶、礼を言うぞ」

源太が答える。

「いえ、いかなる理由があっても主君を打つとは天罰がくだりましょう！」

「もうよい弁慶。今日の難をのがれたのはお前のおかげだ。心から感謝しておるぞ」

遠藤が息を呑んで、子どもたちの演技に見入っている。

「義経殿！」

「弁慶！」

ツケ木が入り、義経一党がむせび泣く。

幕が閉じると、小津や遠藤、そして裏方たちからいっせいに拍手が湧いた。

再び幕が開くと、子どもたちが顔を火照（ほて）らせ並んでいた。みんな満面の笑みだった。

源太の目が少しうるんでいるように見えた。

源太だけでなく、定吉も哲夫も和助も武一も、みんな泣きそうな笑顔になっている。

子どもたちは、これまで経験したことのない喜びを身体いっぱいに感じていた。

しかしこのとき一番喜んでいたのは、小津だったのかもしれない。

彼はなにも言わず、舞台に向かって拍手を送り続けた。

第十三章　別れ

十二月も下旬になると、雪が降ることもあり寒い日が続いた。

花岡座で芝居を行なったことは子どもから親に伝わり、親からクマヒゲの耳にも入ったようだが、小津が校長室に呼ばれることはなかった。子どもたちの喜びが親の評判となり、感謝の気持ちが伝えられると、クマヒゲとしても黙認せざるを得なかったのだろう。

冬休みに入ると、小津は進学を目指す子どもたちのために夏休み同様、下宿を開放した。

学生時代の小津は勉強嫌いだったが、小学校教師の彼は進学を希望する子どもには下宿で補習を行ない、進学に反対する親に対しては家まで足を運んで説得するほど熱心だった。

いつものように子どもたちの補習を終えた頃、オッサンがふらりと下宿を訪ねてきた。

「一杯付き合うて」

もちろん断る理由はない。さっそく二人で奈良屋に向かった。

オッサンと呑むのは、遠藤を紹介してもらって以来のことだった。芝居が無事終わったこともあり、ささやかな打ち上げとなった。

杯を重ね、芝居の話が途切れると、オッサンは言葉を選ぶように間をとってから、

「いとちゃんのことやけど、なんか聞いとる?」と尋ねた。

「なんの話です?」

「……結婚が決まったみたいやに」

ボソリと言った。

「そうなんや……」

そう言ったきり小津は黙り込んだ。実は彼には心当たりがあった。

二学期に入り、教室で芝居の稽古が始まった頃から、小津はずっといとゑと会っていなかった。正確に言えば、会いたくても会えずにいたのだ。

いつ行っても店先には母のつや子が座っていた。

初めは気にも留めなかったが、その後、何度千代店に通ってもいとゑの姿がなかったため、病気にでもなったのかと心配したが、確かめようがない。

そんなある日、家主の才次郎と世間話をしていたところ、ふと彼の口からいとゑが見合いをしたらしいという噂を聞いた。

オッサンの話はさらに具体的で、彼女は最初、見合いを拒んでいたが、とうとう相手の熱意に負け、結婚を決めたという。嫁ぎ先は夫の勤務地である四日市だということもオッサンは知っていた。

やはり才次郎から聞いた話は本当のことだったのか。

小津はオッサンの話を聞きながら、いとゑと芝居を観た後、この奈良屋に立ち寄って食事をしたときのことを思い出していた。

出逢ってから半年ほどが経ち、今日まで自分の思いを伝えたことも、いとゑの気持ちを聞いたこともなかったが、彼女は、いつか松阪にカツドーを観に行きたいと呟いたのだ。それは彼女からの精一杯の告白だった。

いとゑは言い終わってから、恥じらうようにうつむくと、顔に垂れかかった髪をそっと払った。

あの日この場所で、小津はいとゑの透き通った乳白色の頬と、少し翳(かげ)りのある涼やかな眼差しを見つめながら、初恋だけが持つであろう甘やかな陶酔の中で、彼女を松阪に連れていく日のことを思い描いていた。

「よかったら、いとちゃんと会えるよう動いてみるに?」

オッサンが言った。

小津は静かに首を振った。

「いや……」

オッサンはそれ以上、いとゑのことには触れなかった。

小津は何事もなかったかのように、また芝居の話を始めた。彼は遠藤の人柄に魅了されたようで、紹介してくれたオッサンに改めて礼を言った。

オッサンは顔の前で手を振ったが、浮かべている柔和な表情とは裏腹に、いとゑの話を持ちだしてしまったことを後悔していた。


暮れの三十日になって、小津は松阪の実家にようやく帰省した。

玄関には真新しい注連縄（しめなわ）が飾られていた。

伊勢志摩地方や松阪周辺では一年を通して注連縄が飾られる。年末になると新しい注連縄を飾りつけ、古い注連縄は年が明けてから神社のどんど火で焚かれる。地元では、その火で焼いた餅を食べると一年中無病息災で過ごせるという言い伝えがある。

大晦日は朝から神楽座でカツドーを観て過ごし、夕方、帰宅するとちょうど寅之助が実家に帰ってきたところだった。

「お帰りなさい」

「おう」

玄関で寅之助が振り返った。

長い時間汽車に揺られるのは、やはり堪（こた）えるようだ。全身から気だるさが漂っていた。

「長旅お疲れ様でした」

髪を綺麗に結（ゆ）ったあさゑが出迎えに現れた。

寅之助は寝室に入ると、すぐに三つぞろえの背広を脱いで浴衣と丹前に着替え、あさゑは手早く背広をハンガーに掛けた。

寅之助は居間の炬燵（こたつ）の前に腰を下ろし煙草に火を点けると、ふうと紫煙を吐き出し、その行方を物憂げに見つめた。

一年の仕事を終え、疲れが出たのだろう。いつになく無口だった。

小津も傍らに座って煙草を吹かし始めると、子どもたちも寅之助を労うように集まってきた。

家族がそろうのはお盆以来のことだ。六畳の居間の炬燵に入って蓄音機を聴いたり、双六（すごろく）や花札をしているうちに夜になった。

やがて年越しそばを食べ終わり、

「百人一首でもしょうか？」

小津が言うと、登久が「隣の部屋から持ってきます」と声を弾ませ、居間を出ていった。

大晦日に百人一首を楽しむのは小津家の定番のようなもので、夜更けまで興じているうちにいつしか寅之助も生気が蘇ってくるようだった。

途中、小津が便所に立って小窓を覗くと、いつの間にかしんしんと雪が降っていた。

尋常小学校の教師となったこの年が暮れようとしていた。

大正十二年（一九二三）一月一日、小津家は静かに正月を迎えた。

朝、小津が顔を洗って居間に入ると、卓上にはあさゑがこしらえたおせちが並んでいた。

「明けましておめでとうございます」

あさゑが言うと、

「明けましておめでとうございます」

普段、あさゑに軽口をたたいている小津も、正月の挨拶はかしこまって答えた。

家族そろって新年の挨拶を終えると、寅之助と新一から子どもたちにお年玉が配られた。

小津は昨年まで寅之助から三円のお年玉をもらっていたが、今年からは弟と妹たちに渡す立場になった。

小津からお年玉が渡されると、登貴たちは少し驚いた様子で、

「お兄さま、ありがとうございます」

恭しくお辞儀をした。

あさゑがその様子を微笑ましく見ている。

朝食を食べ終えた頃、小津の帰省を聞きつけた旧制中学時代の友達が訪ねてきた。

小津は昨年同様、彼らと一緒に伊勢神宮の拝賀式に行くため汽車に乗って山田駅に向かった。この駅は二年前に落成したばかりで真新しかった。

大正七年から始まったスペイン風邪の流行も第三波を経て、二年前にはようやく収束した。参道には久しぶりに賑わいが戻り、小津は友達と談笑しながら外宮(げくう)まで歩いた。

思えば、中学を卒業してからまだ二年も経っていない。彼らに会うとすぐに学生時代に戻ってし

まう。

〈……もう一度中学生になり度(た)いなあ　会ひ度い会ひ度い　もう一度中学生になり度いなあ〉

後年、小津が友人吉田与蔵に宛てた葉書のなかにこの有名な言葉が書かれているが、彼にとって中学時代の仲間といることは、なによりも心安らぐひと時だったのだろう。

正月の晩、夕食を終え、あさゑが地元名産の餅を卓上に広げたところで、寅之助がおもむろに口を開いた。

「お前たちに話がある」

先ほど酒を呑んだせいで赤ら顔になっている。

「なっとしたんです、改まって」

あさゑが尋ねた。

「引っ越しすることにした」

寅之助はまるで近所に散歩でも出かけるかのように答えた。

いっせいに寅之助の顔を見た。

餅を頬張る小津の口元が止まった。

丸火鉢に置かれた薬缶の口から湯気が立っている。

「引っ越し？」と新一。

「うむ」

「どこにですか？」

「東京に決まっているだろ、住むところはもう準備してある、深川の和倉町だ」

「家族みんなで引っ越しするんですか？」とあさゑ。

「もちろんだ」

「引退後は松阪に住むつもりで新しい土地を探しとったんやないんですか？」

あさゑが怪訝そうに尋ねると、

「そのつもりだったが、店のことを考えればまだ引退はできそうにない。もともと子どもたちの健康を考えて松阪に引っ越したが、登久もすっかり健康になった。もう心配はないだろう」

登貴と登久が遠慮がちに顔を見合わせた。

「それにこの年になって、今までのように松阪と東京を何度も往復するのは大変だ。来年の正月は東京で迎えたい」

これが寅之助の本音だろう。

「いつ引っ越しするんです？」

あさゑが寅之助にお茶を淹れた。

「今月末だ」

「じゃあ、もうすぐやないですか」

あさゑが少し驚いたように言った。

「うちはまだ学校が残ってますけど」

登貴が少し困惑した表情を浮かべた。彼女は三月に飯南(いいなん)女学校を卒業する予定だった。

「そうだな。安二郎と登貴は三月まで仕事と学校があるからそれまで残るとして、あとの者は先に東京に行くことにしよう」

小津はなにも言わず、二つ目の餅を頬張った。

「どうだ?」

寅之助が訊いた。

「どうだって、もう決めたことでしょ?」

あさゑが確かめると、

「まぁ、そりゃそうだが……」

寅之助は少し気まずそうにお茶を啜(すす)ると、家族の反応をうかがった。

結局、登久は一月の引っ越しに伴って東京府立第一高等女学校に転校することになり、五歳の信三は四月から東京の尋常小学校に通うことになった。

兄の新一はすでに東京の銀行に勤め始めていた。

「安二郎はどうする？」

小津は答えなかった。ただうつろに餅を頬張り続けた。

「まあ、いい。すぐに結論を出すこともないだろう」

そう言い終わると、寅之助は、急に眠気に襲われたのか寝室に入っていった。

「お父さまはいつも急に決めるで、うちらはたいへんや」

寅之助が立ち去った後、登貴が独りごちるように言うと、

「いつものことやから」

新一が苦笑した。

小津は茶を飲み、餅を腹に収めると畳の上にゴロリと横になった。

あさゑは、存外嬉しそうではない小津の横顔を不思議そうに見やった。

小津は、あれほど東京に戻ることを望んでいたにもかかわらず、いざそのときが来たというのに喜びがまったく湧いてこなかったのだ。

この十年、松阪で暮らし、今は山あいの宮前村で生活している。

小津は自分でも気づかぬうちに、この村への愛着が深まっていた。もともと子ども好きだった小津は、宮前村の自然児を愛した。そして、このまま尋常小学校の教師として暮らすのも悪くはないと思い始めていたのだ。

しかし、小津が心に決めたそのとき、皮肉にも東京への引っ越し話が持ち上がった。

哀しいのか愛おしいのか、未練があるのかふっ切れたのか、自分の感情の摑みどころが分からぬまま天井を眺めているうちに、いつしかうとうとと微睡(まどろ)んでいた。


一月三日、小津は宮前村に戻った。

最寄りの大石駅に着くと、いつものように木炭バスに乗り替え、ここからまた一時間ほど揺られることになる。

昼過ぎに村に着くと、奈良屋で遅い昼飯をすませたが、このまま下宿に戻る気が起こらず、前を通り過ぎて花岡神社まで足を延ばした。

三が日ということもあり、神社の周りには露店が並んでいた。

小津はその様子をしばらく遠目に眺めていた。

顔見知りの神主も忙しそうで、鳥居の前は年始参りの村人たちで賑やかだった。

小津は鳥居に向かおうとして、不意に足が止まった。

二つの家族らしき集まりが、連れ立って鳥居をくぐる姿を見つけたのだ。

その中に家族に囲まれるようにして、境内へ入っていく女性の後ろ姿があった。

いとゑだった。

結婚相手らしき男が彼女の傍らに寄り添って、なにやら楽しげに話しかけている。

彼らはそろって本殿で参拝を終えると、鳥居から出てきた。

いとゑの横顔が往来の中で一瞬垣間見えたが、その表情からはなにもうかがうことはできなかった。

二つの家族は小さな路地を曲がると、千代店のほうへと消えていった。

それが、小津が見たいとゑの最後の姿だった。

四年後の話になるが、小津家は当時まだ松阪に本籍を置いていたため、彼は予備役演習の召集を受けたとき、三重県一志郡久居町（現津市）の歩兵第三三連隊にひと月ほど入隊している。

三重にやってくるのは久しぶりのことだった。

毎日、戦闘教練を繰り返す疲労の中で、小津は戦闘とはまったく別世界の佐藤春夫の詩を想いますと、友人に宛てた手紙に書いている。佐藤春夫の原文とは異なるところもあるが、小津の手紙文をそのまま引用したい。

野行き山行き
真昼の岡辺花を敷き
つぶら瞳の君故に
憂は碧し空よりも
陰多き林を辿り

夢深き瞳を恋ひ
暖かき真昼の岡辺
花を敷きあわれ若き日
君の瞳はつぶらにて
君の心は知りがたく
君を離れて只一人
月夜の海に石を投ぐ

注目すべきは、小津がこの詩を書いた後にこう書き残していることだ。

〈山にゐた時の煙草屋の娘のことか、
或る町の　或る娘のことを思はされます〉

村を去ってから四年を経ても、小津の脳裏にはいとゑの面影が色濃く残っていたのだろうか。

別れはいつも唐突にやってくる。

定吉が中退したのだ。

翌朝、小津が学校に行くとロマンからその話を聞いた。

それはまったく突然の出来事で、学校も昨日、定吉の親から連絡を受けたばかりだった。

子どもが中退することはそう珍しいことではないため、ロマンもクマヒゲと同じように事務的に処理した。

「親と話をしたいんですが」

小津はそう言ったが、

「親御さんと話したところで、今さらどうしようもないですよ」

ロマンは諭すように答えた。

彼の話によれば、定吉は住み込みの丁稚奉公として三が日を終えた昨日の朝、すでにこの村を去っていた。

落語の「藪入り」で語られるように、丁稚奉公とは幼い頃から商店などに住み込み、早朝から夜遅くまで下働きをしながら仕事を覚える奉公勤めのことをいう。期間はおよそ十年。休みはお盆と正月のわずかな日にちしかなく、しかも店は、丁稚に里心がつかないよう親元に帰らせないことがあるという。

定吉の奉公先は大阪千日前の金物卸問屋らしく、その店に急きょ人手が必要となったため、父親の知人から相談があったそうだ。

家族で話し合った結果、定吉は大阪に行くことになった。

源太も中退したが、今まで通り家族と一緒にこの村で暮らしている。

しかし定吉は違う。まったく見知らぬ土地で、他の丁稚とともに住み込みで働くことになるのだ。この先、彼に待ち受けているであろう過酷な生活を想像すると、小津はなんともやるせない気持ちになった。

午後になって小津は校長室を訪ねると、クマヒゲに三月で教師を辞めることを伝えた。

「そうか……残念やけどしゃあないな」

クマヒゲは一言そう答えるだけで、特段引き留めることはしなかった。

結局、最後まで、小津とクマヒゲが思い描く教師像は共感し合うことはなかった。

クマヒゲはロマンを呼んで小津からの申し出を伝えると、さっそく彼に代わる新しい教員の募集について話し始めたが、ロマンは上の空だった。

彼はいとゑと拓蔵の縁談がどうにか成就し安堵したものの、そのいっぽうで小津の去就が気がかりだった。そして懸念した通りになってしまったことに、ひどく落胆した。

ロマンはこの村で、なに一つ変わらず今まで通りの暮らしを続けることになる。そして小津は大正ロマンに彩られた憧れの東京に帰ってしまうのだ。

いや、私が今本当に憧れているのは東京ではないのかもしれない。小津が醸し出す本物の東京人への憧れなのだ。ロマンはそう思い直すと、なおさら喪失感に苛まれた。

三学期の始業式の日、小津は子どもたちと新年の挨拶を交わすと、定吉が学校を辞めたことを伝えた。

子どもたちはすでに哲夫から聞いていたため、冷静に受け止めた。

その哲夫にしても、定吉がこの村を去ることは、当日まで知らなかったという。

しかし彼は、定吉と同じ地区に住む源太から連絡を受け、三日の朝、二人でバス停に急いだのだった。バス停には仕事のためか父親の姿はなく、母親と兄妹が見送りに来ていた。

定吉は、走ってくる哲夫と源太の姿を見て驚いた様子だった。

源太が自分で作ったお気に入りの竹鉄砲を、哲夫は自分が大切に持っていた『日本少年』の本を贈ると、定吉はそれまで白く強張っていた顔をほころばせた。

二つとも定吉がずっと欲しがっていたものだった。

「おおきんな」

定吉が二人に礼を言うと、源太と哲夫が無二の親友のように微笑んだ。

土煙を上げて、木炭バスがやってきた。

「……身体、気ぃつけないぃ」

母親が心配そうに言うと、定吉はわずかに頷いた。そしてバスに乗り込むと、昇降口で一番上の兄を振り返った。

「兄やん、家のこと頼んだに」

「あぁ、定吉もしっかりやらなあかんぞ」

兄が励ますように答えた。

すべての乗客が乗り終えると、ドアが閉まり、バスが喧々(けんけん)たる音を立てて動きだした。

母や兄妹たち、そして源太と哲夫が手を振ると、定吉も車窓から顔を出し、手を振り返した。

定吉は、健気にも母を悲しませたくないという思いから、涙をこらえて笑顔をつくった。

哲夫は定吉の表情がふと変わったように見え、その視線の方向にいた隣の源太に目をやった。

源太が泣いていた。

定吉は故郷を去らなければならないこの日、本当の友達ができたような気がした。


終業式の日。

教室の掃除が終わると、午前中で帰宅となった。

小津は麦わら帽子を手にすると、子どもたちを校外に誘った。

別にあてがあるわけではない。ただ、この村を子どもたちとそぞろ歩きしてみたかったのだ。

この日は三月にしては暖かい陽気で、しばらく歩くと汗が滲むほどだったため、時々山から吹いてくる風が心地よかった。

しばらく歩いていると哲夫は小津の傍らに近寄って、定吉に手紙を書きますと言った。

小津は少し微笑むと、撫でるように哲夫の頭に手をやった。

気がつけば、小津と子どもたちは深谷橋まで足を延ばしていた。

橋の下を櫛田川の清流が流れ、谷から風が渡ってくる。

小津が櫛田川を眺めると、子どもたちも同じように川の流れに目をやった。

このとき――

子どもたちが小津と過ごした最後のエピソードとして、最も印象に残っている場面がやってくる。

小津は橋の真ん中まで進むと、おもむろに麦わら帽子を脱いで、空に向かって放り投げたのだ。

麦わら帽子は谷からの風に乗って、ゆらゆらとどこまでも運ばれていった。

突然のことに子どもたちは歓声を上げたが、小津のどこか寂しげな横顔を見て、誰からともなく口をつぐんだ。そして小津とともに麦わら帽子の行方を静かに見つめた。

このとき小津がなぜそんな表情を浮かべたのか、子どもたちは知る由もない。

しかし小津にとって、おそらくこれが子どもたちへの惜別の儀式だったのだろう。

多くを語らないというのは終生変わらぬ小津の気質だった。

彼は子どもたちに退職のことを伝えないままこの村を去っている。

そのため四月の新年度が始まるまで、彼が学校を辞めたことを子どもたちは知らなかった。

当然、六年になっても担任を受け持ってくれるものだと思っていた子どもたちは、始業式の日に小津がいないことを初めて知り、その喪失感でしばらく言葉が出なかったという。

三月下旬、小津はその年度の終業式が終わると、翌日には帰り支度をすませ下宿を引き払った。

オッサンとヒョウタンに挨拶をすると、ロマン同様二人とも小津はいつか東京に戻っていく人だと感じていたようだった。ただ、これだけ早く別れがやってくるとは思っていなかったため、ともに名残惜しいと残念がった。特にヒョウタンは意気消沈して、落ち着いたら必ず東京の住所を教えてほしいと懇願した。

その日の午後、小津は木炭バスに乗って松阪に帰っていった。

沿道には見慣れた茶畑や櫛田川の清流が流れている。

小津は窓外に目をやりながら、なぜかもう二度とこの村にはやってこないような気がしていた。

小津にとってこの一年はなんだったのか。

その生涯において、映画監督とは違う別の仕事に就いた唯一の一年間。

それは単に、山あいの尋常小学校の教師を務めたという事実だけのものではないだろう。

確かなことは、たった一年の出来事だったにもかかわらず、教え子たちは小津との思い出を終生、胸に抱き続けていたことだ。

そしてなにより小津にとって、生涯忘れられない大切な時間だったということだ。

この村での思い出は、儚(はかな)げで、それゆえ他人に話してしまえば幻のように消えてしまいそうな、愛おしさと哀しみを秘めた一年だったのだろう。

浦島太郎の玉手箱はなんの隠喩(いんゆ)なのかという謎がある。

諸説はあるものの、玉手箱を開けた瞬間、浦島太郎が現実に引き戻されたことは寓話が示す通りだ。

玉手箱を開ければ夢は醒めてしまう。

胸に秘めてこそ永遠に生き続ける思い出があるとすれば、小津にとって宮前村での一年がそうだったのかもしれない。

そう、小津はこの村で開けてはならない玉手箱をもらったのだ。

エピローグ

定吉は松竹キネマ蒲田撮影所の控室で我に返った。

気がつけば、壁に掛けてある時計が午後九時過ぎを指していた。

あれからもう二時間近くが経っていたのか。

やはり、おーづせんせいに逢うことはできなかった。

おーづせんせいはもう学校の先生ではない。あの頃のおーづせんせいと今の小津監督は別人なのだ。

定吉は壁に向き直ると、指先で小津の写真に触れてみた。

思えば五年前、彼は小津になにも言えないまま宮前村を去っている。

定吉は小津の写真に別れの挨拶をした。

長い夢から醒めたように定吉は小さなため息をもらすと、脳裏に焼き付けるようにもう一度部屋の中を眺めた。

そのとき、背後で静かにドアが開いた。

物音に定吉はゆっくりと振り返った。そして、そのまま動けなくなった。
時が止まったようだった。
いや、時が五年前に遡(さかのぼ)ったのだ。
優しく笑みをたたえた口元。
豊かな胸板。
大きな手。
――夢ではない。
目の前に、その人はいた。
「定吉……」
懐かしい声だった。
言いようのない感情が、胸の奥底から一気に噴きこぼれてきた。

毎日が辛くても
たとえひと時でも奇跡のような日があれば
人はなんとか生きていけるのかもしれない――
少なくとも定吉にとって、この一夜がそうだった。

秘められたこの日の再会で彼は救われたのだ。
小津がゆっくり歩を進めると、定吉は思わず目の前の大きな胸に飛び込んだ。
小津は優しく受け止めると、黙って抱きしめた。
あのときの少年が、小津の胸の中で震えていた。
おーづせんせいの前なら——
もう泣いていい。
村を出て以来、ずっとこらえていた涙が溢れ出した。
嗚咽しながらも、定吉はようやく言えたのだ。
「……おーづせんせい」

（了）

あとがき

もう八年ほど前になるだろうか。

伊勢に向かう近鉄電車の窓から、松阪駅のホームに立つ「小津安二郎青春のまち」という幟を見かけたことをきっかけに、小津が教師をしていたという宮前の地を訪ねてみた。

三重県松阪市飯高町宮前の「飯高老人福祉センター」の中にある「小津安二郎資料室」には、小津の遺品とともに関連本が数多く並んでいた。その中に一冊の薄い文集が置かれていた。資料室を管理している岡本美夜さんに伺うと、それは小津がこの地を去ってからおよそ七十年後に、教え子たちが小津との思い出を編んだ文集とのことだった。

教え子の一人が、着物に袴姿で小学校にやってくる小津安二郎のことを『坊っちゃん』のようだったと書き残している。

小津に『坊っちゃん』のような時代があったのだ。興味をそそられ、さらに読み進めるうちにある一文に目が留まった。昭和三年（一九二八）に経験した、教え子の思い出だった。

人それぞれに
オーヅ先生の思い出
小津安二郎青春の町
飯高オーヅ会

70年後に教え子たちが編んだ文集

〈……東京下谷区入谷町の鞄製造卸工場に小僧奉公していた時、蒲田大井町の松竹撮影所まで小津先生に面会に行った。先生は忙しそうであったが快く迎えてくれた。あの時は本当に嬉しかった。昔の小僧と言えば、犬猫同様の扱いで、一年奉公して一度くらいしか故郷へも帰れぬ時代であった……他人ばかりの世界で、毎日毎日苦しい朝夕の生活だった俺は地獄で仏に逢った思いだった。涙の出る程嬉しい、懐かしい思い出である。〉

丁稚奉公先で上司や同僚から酷い虐めに遭い、疲れ果てたある夜、救いを求めるように小津がいる撮影所を訪ねた教え子がいたのだ。

この文章を読んだとき、僕は無性に小津と教え子の、秘められた再会の一夜から始まる物語を書いてみたくなった。小津の教え子たちで結成された「飯高オーヅ会」の会長でもある岡本さんのご尊父は小津の教え子でもあり、文集作成の発起人でもあった。父上から語り継がれてきたエピソードもとても魅力的だった。

小津は東京に移ってから教師時代のことをほとんど語っていないが、友人の奥山氏に宛てた手紙の中では頻繁に宮前村のことを回想している。

松阪から東京に引っ越して四年後の奥山氏に宛てた手紙にも、東京の暮らしは味気がないと嘆きながら、宮前村の下宿で暮らしていた時に聴こえてきた水鳥の声を、しきりに懐かしがっている。

小津がこの地で教師暮らしをしていた時からすでに百年が経っていて、今は宮前尋常小学校も花岡座もないが、宮前尋常小学校跡地に立つと、小津と教え子が毎日のように仰ぎ見たであろう局ヶ岳が当時のままそびえ立ち、彼が渓流釣りをした櫛田川の澄んだ清流も滔々と流れている。花岡神社も小津が下宿をしていたといわれる建物も、当時の様子を残したままそこにあった。

二〇一二年、十年に一度、英国映画協会主催の「世界の映画監督が選ぶ歴代映画史上最良の作品ベストワン」に、小津安二郎の『東京物語』が選ばれた。欧米では今も小津映画が頻繁に再上映され、今年（二〇二三）、米国では一年にわたる「小津安二郎生誕百二十年」のトリビュートイベントが始まり、新たなファンを生みだしているという。

教師時代の小津安二郎

「小津安二郎生誕百二十年」に合わせようとしたわけではなかったが、書き始めてから三年後、偶然にもこの年に上梓できたことに不思議な縁を感じている。
なお物語上、適宜仮名にしたところもある。
さて、この本の出版にあたって、多くの方々に感謝しなければならない。
地元「飯高オーヅ会」の会長岡本美夜さんには貴重なエピソードをたくさんご教授いただきました。米倉

いとゑと一緒に芝居を観た花岡座

芳周さんには何度も地元をご案内いただき、山田大路ご夫妻と高崎榮一さんには地元の貴重な資料をご提供いただきました。そして『ハリスの旋風（かぜ）』の頃からの大ファンだったちばてつや先生には素晴らしいカバー画を描いていただき、今も夢見心地です。

さらに、米国映画芸術科学アカデミーのマーガレット・ヘリック・ライブラリー館長のマット・セバーソンさんからは素敵な推薦文を賜り、身に余る光栄です。

本当にありがとうございました。

一つ残念なことは、この本を書くにあたってずっと応援していただいた、小津映画のプロデューサーを務められた山内静夫さんと音楽プロデューサーの酒井政利さんが、完成原稿をお読みいただく前に亡くなられたことです。山内さんには身に余る評価をいただき、酒井さんには誰よりも早くこの小説を書くことを勧められ、毎週のように電話で叱咤激励をいただきました。

改めてお二人のご冥福をお祈り申し上げます。

最後になりましたが、徳間書店学芸編集部の加々見正史さんには終始温かいご支援とアドバイスをいただきました。ノンフィクション作家の祓川学さん、仕事のパートナーである高樹一生さん、黒澤エンタープライズUSAのプロデューサーTak W. 阿部さんには作品の実現のため多大なご協力をいただきました。

書き進める中で何度も挫折しかけましたが、皆さんのおかげで無事に書き上げることができました。

心より感謝申し上げます。

二〇二三年四月吉日

児島秀樹

推薦の言葉

児島氏の『おーづせんせい』は、あらゆる映画作家の中でまさに最も偉大な一人として正しく評価されている、小津安二郎に関する研究への大きな貢献である。小津が松竹キネマに入社する前の極めて重要な年である1922年の小津の生活についてのこれほど詳細なヒストリーは、これまで語られなかった部分だけに、その価値は測りしれない。小津に関する文献は数多くあるが、その多くは小津の独特の映画スタイルと、『晩春』(1949)、『東京物語』(1953)、『秋刀魚の味』(1962) といった世界的に有名な傑作に焦点を絞っている。小津の私生活に関する情報は、この監督自らの日記を除けば稀である。1922年、小津は人生の岐路に立たされる。旧制中学時代にある出来事によって屈辱を与えられ、寮を追い出された小津は、その結果得られた多くの時間を、映画館でチャールズ・チャップリン、パール・ホワイト、リリアン・ギッシュ、ウィリアム・S・ハートらのアメリカ映画を観て過ごした。この時期の小津の振る舞いは、年長者から眉をひそめられたが、この時間こそ小津の映画への愛が生まれた時となった。そして1922年、小津は松阪の宮前小学校の５年男組の代用教員として雇われることになる。児島氏の本では、これまで謎に包まれていたこの巨匠の人生の一面を発見することができる。小津の人生のターニングポイントとなる瞬間を私たちみんなに分かち合ってくれた児島氏に感謝を捧げたい。

映画芸術科学アカデミー
マーガレット・ヘリック・ライブラリー館長
マット・セバーソン

Mr. Kojima's "Auz Sensei" is a vital contribution to the field of scholarship on Yasujiro Ozu, rightly regarded as one of the greatest of all filmmakers. To have such a detailed history of Ozu's life in 1922, a pivotal year before he went to work at Shochiku Film Company is an invaluable history that has never been shared before. Though there is much literature about Ozu , most focus on Ozu 's unique film style, and his world famous masterpieces, such as *Late Spring* (1949), *Tokyo Story* (1953) and *An Autumn Afternoon* (1962). Information about Ozu's personal life, aside from the director's own diaries, is scarce. In 1922 Ozu's life is at a crossroads: having been publicly humiliated as a result of an incident while in high school where he was kicked out of his dormitory, Ozu spent much of his free time in movie theaters watching American movies featuring Charles Chaplin, Pearl White, Lillian Gish, and William S. Hart. Though Ozu's behavior during this time was frowned upon by his elders, this became the time that Ozu's love of cinema was born. And in 1922, Ozu is hired as a substitute teacher at the Miyamae Elementary School in Matsusaka for a 5th year boys class. In Mr. Kojima's book, we will see a side of this master filmmaker's life that has previously been a mystery. I am grateful to Mr. Kojima for sharing this critical moment in Ozu's life with all of us.

MATT SAVERSON
Director, Margaret Herrick Library,
Academy of Motion Picture Arts and Sciences

主な参考文献

『人それぞれに　オーヅ先生の思い出』（飯高オーヅ会・編）
『オーヅ先生の思い出』（柳瀬才治・著）
『私見　小津安二郎　宮前での一年』（柳瀬才治・編）
『小津安二郎の手紙』（松阪市飯高町福祉センター飯高オーヅ会・蔵）
『小津の手紙・日記』（松阪市歴史民俗資料館・蔵）
『若き日の小津安二郎』（中村博男・著　キネマ旬報社）
『小津与右衛門家の歴史―小津安二郎に流れる血―』（語り・井上孝榮　伊勢の國、松坂十樂・編）
『全日記・小津安二郎』（田中眞澄・編　フィルムアート社）
『小津安二郎全集　上・下・別巻』（井上和男・編　新書館）
『小津安二郎の芸術（上・下）』（佐藤忠男・著　朝日選書）
『国民の修身　高学年用』（渡部昇一・監修　産経新聞出版）
『小津安二郎の謎　日本映画監督列伝1』（園村昌弘・著　小学館）
『平野の思想　小津安二郎私論』（藤田明、倉田剛・著　ワイズ出版）
『小津安二郎への旅』（伊良子序・著　河出書房新社）

『小津安二郎 人と仕事』（同書刊行会・編　井上和男・発行　蛮友社）
『小津安二郎・全発言1933〜1945』（田中眞澄・編　泰流社）
『大船日記　小津安二郎先生の思い出』（笠智衆・著　扶桑社）
『私の少年時代　現代日本の100人が語る』（読売新聞社教育部・編　牧書房）
『小津安二郎日記　無常とたわむれた巨匠』（都築政昭・編　講談社）
『伊勢人一二四号　特集小津安二郎を歩く』（伊勢文化舎・編）
『小津安二郎を読む　古きものの美しい復権』（フィルムアート社）
『代用教員　小津安二郎―宮前での巣立ち―』（藤田明・著）
『戦前の教科書』（日下公人・著　祥伝社）
『飯南町の方言』（飯南町文化財調査委員会・編）
『歌舞伎十八番の内　勧進帳』（岩波文庫）
『和歌山街道ガイドブック』（松阪市地域の元気応援事業・編）
『アインシュタイン回顧録』（渡辺正・訳　筑摩書房）

児島秀樹（こじま・ひでき）

脚本家、放送作家。京都在住。「洞窟おじさん」（2015年・NHK BSプレミアム：平成27年度文化庁芸術祭優秀賞、ATP賞奨励賞、衛星放送協会オリジナル番組アワードドラマ部門最優秀賞）、「天才画家の肖像 青木繁～親友・坂本繁二郎が見た栄光と悲劇」（2004年・NHKハイビジョン特集）、「阪神淡路大震災10年・悲しみを勇気にかえて」（2005年・MBS毎日放送：日本民間放送連盟賞優秀賞）、「ゴッホ最後の70日～ひまわりの画家はあの日、殺されたのか？」（2009年・BSジャパン）、「フィレンツェ・ラビリンス～15世紀の私を探して」（2011年・BSジャパン）、「刑事訴訟」（2022年・名古屋大学）などのドラマ脚本を書く。そのほか「日立 世界ふしぎ発見！」（TBS系）、「斎王～幻の宮の皇女」（2016年・三重テレビ）等の構成、舞台脚本として「天翔ける獅子～義経と弁慶～」（2002年・新宿コマ劇場）、「パートナーズ～ありがちな結婚～」（2019年・築地本願寺ブディストホール）、「TO BE OR NOT TO BE　～生きてるの？死んでるの？～」（2019年・築地本願寺ブディストホール）、映画脚本として「スクール・オブ・ナーシング」（2016年・スタジオレヴォ：児童福祉文化財選定）などがある。

おーづせんせい

第1刷　2023年4月30日

著　者　児島秀樹
発行者　小宮英行
発行所　株式会社徳間書店
〒141-8202東京都品川区上大崎3－1－1目黒セントラルスクエア
電話　（編集）03-5403-4350／（販売）049-293-5521
振替　00140-0-44392
印刷・製本　三晃印刷株式会社

ISBN978-4-19-865619-5